Contemporánea

Enrique Vila-Matas (Barcelona, 1948) es uno de los más destacados escritores europeos del momento y su obra ha sido traducida a treinta y siete idiomas. Sus libros transitan con éxito por diferentes géneros, en los que siempre quedan patentes su estilo personal y su singular universo narrativo. De su trayectoria narrativa destacan *En un lugar solitario* (1973), *Historia abreviada de la literatura portátil* (1985), *Suicidios ejemplares* (1988), *Hijos sin hijos* (1993), *Bartleby y compañía* (2000), *El mal de Montano* (2002), *París no se acaba nunca* (2004), *Doctor Pasavento* (2005), *Dietario voluble* (2008), *Dublinesca* (2010), *Chet Baker piensa en su arte* (2011), *Aire de Dylan* (2012), *Kassel no invita a la lógica* (2014), *Marienbad eléctrico* (2016), *Mac y su contratiempo* (2017) y *Esta bruma insensata* (2019). Entre sus libros de ensayos literarios encontramos *El viajero más lento* (1992, 2011), *Desde la ciudad nerviosa* (2000), *El viento ligero en Parma* (2004), *Perder teorías* (2010), *Una vida absolutamente maravillosa* (2011), *Fuera de aquí* (2013) e *Impón tu suerte* (2018). Ha obtenido, entre otros galardones, el Premio Ciudad de Barcelona, el Premio Rómulo Gallegos y el Prix Paris Au Meilleur Livre Étranger en 2001; el Prix Médicis-Étranger y el Prix Fernando Aguirre-Libralire en 2002; el Premio Herralde y el Premio Nacional de la Crítica de España en 2003; el Premio Internazionale Ennio Flaiano, el Premio de la Real Academia Española y el Premio Fundación Lara en 2006; el Premio Elsa Morante en 2007; el Premio Internazionale Mondello en 2009; el Premio Leteo y el Prix Jean Carrière en 2010; el Premio Bottari Lattes Grinzane en 2011; el Premio Gregor von Rezzori en 2012; el Premio Formentor de las Letras en 2014; y el Premio FIL de Literatura en Lenguas Romances en 2015. Es Chevalier de la Légion de Honor francesa y Officier de l'Ordre des Arts et des Lettres desde 2013, pertenece a la convulsa Orden de los Caballeros del Finnegans, y es rector (desconocido) de la Universidad Desconocida de Nueva York, con sede en la librería McNally & Jackson.

Enrique Vila-Matas

Esta bruma insensata

DEBOLS!LLO

Papel certificado por el Forest Stewardship Council®

Primera edición: octubre de 2021

© 2019, Enrique Vila-Matas
© 2021, Penguin Random House Grupo Editorial, S. A. U.
Travessera de Gràcia, 47-49. 08021 Barcelona
Diseño de la cubierta: Penguin Random House Grupo Editorial
Imagen de la cubierta: cedida por el autor
Fotografía del autor: © Paula de Parma

Printed in Spain – Impreso en España

ISBN: 978-84-663-5941-2
Depósito legal: B-10.681-2021

Compuesto en M. I. Maquetación, S. L.

Impreso en Black Print CPI Ibérica
Sant Andreu de la Barca (Barcelona)

P 3 5 9 4 1 2

A Paula de Parma

Esta bruma insensata en la que se agitan sombras, ¿cómo podría esclarecerla?

RAYMOND QUENEAU

1

Había llegado a ser un artista citador gracias precisamente a que de muy joven no lograba avanzar como lector más allá de la primera línea de los libros que me disponía a leer. La causa de tanto tropiezo estaba en que las primeras frases de las novelas o ensayos que trataba de abordar se abrían para mí a demasiadas interpretaciones distintas, lo que me impedía, dada la exuberante abundancia de sentidos, seguir leyendo. Aquellos atascos, que por suerte empecé a perder de vista hacia los dieciocho años, fueron seguramente la base de mi posterior afición a acumular citas, cuantas más mejor, una necesidad absoluta de *absorber*, de reunir todas las frases del mundo, un ansia incontenible de devorar cuanto se pusiera a mi alcance, de apoderarme de todo lo que, en momentos de bonanza lectora, viera yo que podía ser mío.

En esa ansia por absorber, o por enviar a mi archivo todo tipo de frases aisladas de su contexto, seguí el dictado de los que dicen que un artista lo absorbe todo y que no hay uno solo de ellos que no esté influenciado por algún otro, que no tome de algún otro lo que pueda si le hace falta. Absorber y absorber, y ante todo huir de las malas horas y de los malos tragos: ése fue mi lema cuando empecé a lograr liberarme del problema de los atascos en las primeras frases de los libros.

De ahí que, esa tarde de hace unos años, ese último viernes de octubre de 2017, con el país de Cataluña al borde de un colapso, mi inesperado retorno al bloqueo ante una simple frase me devolviera, en un primer momento, a un drama del pasado que aún tenía de vez en cuando peligrosa incidencia en mi presente porque boicoteaba mi trabajo de traductor; de hecho, muchas veces me había impedido mejorar en el ejercicio de esa profesión, pues era algo que, al bloquear de pronto mi capacidad de leer, me perjudicaba plenamente a la hora de traducir.

Atascarme en una frase representaba siempre

pasar por un momento horrible, porque yo *vivía* de aquello. Mi radio de acción eran las versiones al español de libros franceses y portugueses. Era el trabajo que me daba de comer y al que nunca me había acabado de acostumbrar, porque no era yo un traductor exactamente, sino un «traductor previo», un anticipador de las dificultades del texto al «traductor estrella», que era el que firmaba finalmente la traducción después de que yo le hubiera abierto el camino y sugerido las diversas alternativas a esas dificultades.

En cierta forma, aquel trabajo de «traductor previo» se parecía, por sus modestas hechuras, al de *hokusai*, que era otro de los nombres que yo daba a mi oficio de distribuidor de citas, pues, por algún motivo que se me escapaba, ese otro trabajo que yo hacía —servir citas a quien a veces yo llamaba «el autor distante»— me recordaba a las actividades de algún subalterno japonés. En cualquier caso, estaba mejor pagado —siempre dentro de las ridículas cifras miserables en las que se movía todo— mi trabajo de traductor previo que el de *hokusai*, que, a fin de cuentas, era un oficio tan singular que carecía incluso de gremio y, por tanto, de sindicato.

Vuelvo al punto de partida de lo que quiero contar, a esa zozobra que sentí, rozando la tragedia, aquella tarde de octubre de hace unos años cuando me pareció que podían haber regresado, encima agravados, mis tropiezos de lector. Pero cuando creí entender que podía ser un problema pasajero y que de la frase que estaba copiando y en la que me había estancado podía acabar surgiendo un gran momento epifánico —una gran revelación que tal vez se hallaba oculta en la propia frase que necesitaba completar—, recuperé algo la alegría. Y tanto fue así que hasta recobré fuerzas para ir preparándome para caminar hasta el cercano pueblo de Cadaqués a buscar —me decía yo— la frase perdida, y de paso a tratar de encontrar a la encantadora Siboney, aunque tenía complicado dar con ella si, como se decía, había desaparecido de la noche a la mañana sin despedirse de nadie.

Y mientras me preparaba, me acordé del momento supremo, de un instante feliz en mi pasado, aquel en el que el embrujo irresistible de las citas había pasado a parecerme un placer de absoluto primer orden. Aquel instante supremo había coincidido en el tiempo con el momento en que el autor distante —que, recién llegado a Nueva York, acababa de cambiarse de apellido y pasado a llamarse Rainer Bros— me cursó el primer encargo, sin que pudiéramos imaginar ni él ni yo —sobre todo yo— que acabaríamos trabajando juntos veinte años y que cobraría de él dos veces al año una cantidad tirando a ridícula, pero imprescindible para mí.

Necesitaba con urgencia unas cuantas citas literarias, había dicho el autor distante en aquella primera ocasión inolvidable en la que me contrató. Lo había dicho en un breve mensaje por carta enviado a través de un apartado de correos que pertenecía a su misteriosa editorial neoyorquina. Un mensaje tan breve como iban a ser todos los suyos a lo largo de esas dos décadas, tanto los que primero llegaron por cartas que cursaba aquella editorial, como los que después llegaron en forma de secos y muy escuetos correos electrónicos.

Necesitaba, dijo, unas cuantas frases en torno a la importancia de que los artistas tuvieran o no opiniones políticas, y confiaba en que «dado mi carácter afable, sabría encontrárselas en abundancia». Lejos de incomodarme, aquella propuesta me animó inmensamente, porque me pareció perfecto trabajar para otro escritor en lugar de seguir insistiendo en mí mismo como narrador y en un camino que cada día veía más acabado, sobre todo después del nulo éxito que había tenido la novela que había presentado a todas las editoriales del país.

Con el encargo del autor distante viví realmente un momento supremo aquel día, y aún ahora puedo acordarme de alguna de las frases que le envié tras recurrir a mi ya entonces voluminoso archivo de citas. Una de las frases era de Anthony Burgess: «La misión del novelista no es la de predicar, sino la de mostrar lo que detecta y formular preguntas». Me la había filtrado el propio Burgess en los buenos tiempos, cuando yo trabajaba de periodista en Barcelona y aún creía que me convertiría en un escritor con muchos lectores. Al final de mi conversación con él en el hotel Avenida Palace, tuvo a bien decirme que le sobraban doce minutos hasta que llegara el siguiente periodista y me preguntó si quería compartir un «té ceilanés».

Fue una pregunta cargada de sentido, porque minutos antes le había preguntado por los años que había vivido en la isla de Ceilán, hoy Sri Lanka. No lo pensé dos veces y acepté entusiasmado la propuesta. Iba a ser para mí un honor, dije, compartir un té con el autor de *La naranja mecánica*. Pero el problema llegó cuando, queriendo mostrarme ingenioso, inventé sobre la marcha y, tras el último sorbo de té, se me ocurrió decirle que estaba trabajando en una versión de *El hombre sin atributos* que tendría cien páginas en lugar de dos mil.

Me miró tan sorprendido, tan estupefacto, que nunca he podido olvidarme de la cara que puso. Pensé incluso que iba a darme una paliza bien dada. Y aún recuerdo el sudor frío que me provocó aquella mirada asesina del autor de *La naranja mecánica*. Pero también es cierto que aprendí de lo que pasó allí, porque le había hablado de mi versión de cien páginas de *El hombre sin atributos*, de Robert Musil, con tal convicción que pensaba que no sólo me creería, sino que quedaría impresionado y vería que yo no era ningún tontuelo. Y sin embargo sucedió lo contrario. Con un gesto cruel me señaló la puerta de salida, una puerta giratoria en la que, de tan nervioso que me puse, quedé atrapado durante unos interminables segundos en los que temí que viniera el propio Burgess y de una contundente patada en el culo me ayudara, rompiendo madera y cristales, a salir bien rápido afuera.

Pero fue antes de quedar atrapado en aquella puerta cuando oí una frase que sería lo más memorable del día: unas palabras de Burgess que me han acompañado toda la vida, y la prueba está en que todavía hoy, en la media luz de esta mañana divina en la que me divierto sintiéndome rey del espacio infinito, me acuerdo de lo que él dijo y sigo viéndolo como algo claramente profético. Y es que quizás Burgess era un visionario, pues me adelantó con precisión las palabras que un día yo escribiría; de hecho, son las que escribo ahora:

—Los muertos siempre se equivocan al regresar a historias de su pasado.

No creo que hubiera podido predecirlo mejor.

Aunque he de advertir, sin más demora, que no estoy muerto, ni mucho menos; si acaso distanciado de lo terrenal, instalado en la cálida media luz de esta mañana, lo que no evita que, dado que aún formo parte de este mundo, me acuerde muy bien de todo.

2

Durante veinte años el autor distante encabezó sus correos llamándome asesor, pero también subalterno, subordinado, *der Gehülfe* (ayudante, en alemán), chupatintas, botarate, teórico críptico...

Dependía de lo burlón que se sintiera en el momento de comenzar a escribirme. Pero burlón, en mayor o menor grado, lo estaba siempre el autor distante, y ni una sola vez, a lo largo de las dos décadas, tuvo el detalle de llamarme Simon: como si jamás pudiera ser yo Simon Schneider para él. Sólo su *der Gehülfe* de vez en cuando en el encabezamiento de alguno de sus correos permitía pensar que no se había olvidado del origen alemán de los Schneider.

Y esa tarde de octubre de hace unos años, la tarde de marras, no puede decirse que estuviera especialmente burlón, pues se limitó a llamarme asesor y ayudante:

«Querido asesor y muy apreciado *der Gehülfe...*».

Su e-mail de cabrón puro y duro irrumpió en mi móvil, justo en el momento más delicado de aquel viernes, justo cuando más inquieto estaba yo por la fatiga de vivir en mi mente.

Si bien podía llegar a ser comprensivo con su estúpida altanería e incluso también con su necesidad de ocultarse de todo el mundo, más difícil se me hacía aceptar que en sus correos electrónicos se mostrara tan exageradamente parco y llevara veinte años concretando tan poco sus demandas de colaboración, aunque cabía pensar que con su escasa locuacidad trataba de indicarme que daban igual las citas que le enviara, pues todas le eran útiles.

Pero que hasta con la cuestión de su enojosa parquedad fuera yo bastante comprensivo no significaba que le perdonara que fuera tan terco y se obstinara en no querer acordarse nunca de que era mi hermano. Pues a fin de cuentas, me decía yo, bien inútil era que tratara de olvidarse de que se llamaba Rainer Schneider Reus. Más le habría valido, pensaba yo, haberse quedado con su verdadero nombre que después de todo sonaba bien, casi imperial, y desde luego mucho mejor que Rainer Bros y ya no digamos que Gran Bros, que así, sin artículo siquiera, era como le llamaban, por la gracia de Dios, sus seguidores más fanáticos.

A veces, a pesar de la sobriedad de sus mensajes, lo notaba muy pasado de rosca, aunque sólo fuera porque se le iba el entendimiento y encabezaba su correo, por ejemplo, con un «Querido esclavo» que estaba completamente fuera de lugar. De acuerdo con que ambos nos sentíamos igual de desconcertados ante el factor fraternal y no sabíamos cómo resolver el hecho mismo de serlo, de ser hermanos. Pero él llevaba demasiado tiempo, dos décadas, exagerando con su antilocuacidad, cabía suponer que guiado por su interés en ser un tipo ilocalizable en Manhattan. Y sin embargo no veía yo que eso tuviera que exonerarle de que no se hubiera tomado la molestia ni una sola vez en veinte años de llamarme Simon, o querido Simon, o querido hermano, o —con sólo un pequeño detalle habría bastado— querido *hokusai*.

—Es incómodo que tú y yo dormitemos en cuevas consanguíneas —me había comenzado a decir en cierta ocasión, muchísimos años antes de irse a Nueva York, un jovencísimo y pedante e insufrible Rainer Schneider, sin que después él se atreviera a cerrar aquella frase que, a juzgar por su confuso pero sentimental y cursi arranque, prometía derivar hacia una emoción fuerte, conmovedora.

Si yo fuera aún el sentimental que en otra época fui, lloraría ahora sólo de pensar que aquella frase incompleta del joven Rainer es el mejor recuerdo que he acabado teniendo de él.

En otra ocasión, a unos cuantos años de distancia de aquella frase de las cuevas consanguíneas, se había mostrado más divertido e ingenioso cuando dijo:

—Muchas veces me siento como una persona sobre la que no sé nada.

—¿Y cómo se llama esa persona? —pregunté.

—Si supiera su nombre ya sabría algo de ella.

Y sí. Esa tarde de octubre de hace unos años llevaba dos décadas sin verle, ni tan siquiera en fotografía, pues había llevado su desaparición del modo más riguroso imaginable y su estrategia de eclipse me había incluido naturalmente a mí también: no se tenía noticia de nadie que hubiera tenido acceso a alguna imagen suya a lo largo de aquellos últimos veinte años. Y si uno preguntaba, chocaba siempre con el mismo muro, con la misma cantinela que decía que Gran Bros sentía una profunda aversión al mundo mediático y que esa fobia le había acompañado en todo momento a lo largo de su rápida transformación en «el gran autor oculto» que muchos lectores de todo el mundo tanto adoraban.

En Wikipedia, que era a lo que, aun siendo su hermano, había tenido que recurrir a veces para saber algo de él, empezaban diciendo: «Nacido en Barcelona en 1956, autor invisible en las últimas dos décadas, las que han coincidido con su notable éxito mundial, conocido como "Gran Bros" por sus seguidores. Cinco novelas de no larga duración, las conocidas como "las cinco novelas veloces", todas publicadas en Nueva York a partir de diciembre de 1997 y firmadas bajo el pseudónimo Rainer Bros, detrás del cual estaba su nombre auténtico, Rainer Schneider Reus, que fue el que utilizó en su ciudad natal hasta dejarla atrás en una fuga no exenta de ciertos ribetes de leyenda. En su periodo como novelista barcelonés publicó novelas llenas de frases reiterativas y encadenadas en las que se detenía con minuciosidad obsesiva, avanzando un paso y retrocediendo enseguida para volver sobre lo mismo, abominando, en exceso, de los puntos y aparte...».

Cinco novelas de no larga duración en dos décadas no era un bagaje espectacular, pero a él le había resultado más que suficiente para hacerse con su apoteósica fama de escritor y, lo que quizás aún tenía más mérito: para lograr que quedara diluido gran parte de su pasado de escritor mediocre.

Salvo para unos cuantos periodistas —que nunca dejaron de dar la lata a amigos y familiares creyendo que nosotros teníamos información que les permitiría localizarlo en Nueva York—, su primera etapa como escritor, la digamos que muy polvorienta etapa barcelonesa, fue borrándose. Dejó una buena ristra de personas insultadas y de enemigos de todo tipo en su ciudad natal, pero su obra de primera hora —unos bodrios que, para no verse muy perjudicado, impidió luego desde América que pudieran reeditarse— fue desapareciendo del mapa. Aunque, eso sí, de vez en cuando aún quedaba quien quería incordiarnos y nos preguntaba por ahí si recordábamos lo pésimo escritor que había sido Gran Bros antes de que, con tan alucinante giro inesperado, cambiara radicalmente de estética y de temas al pasarse al inglés.

—Mi hermano Rainer —decía yo a veces cuando quería divertir a tía Victoria, que disfrutaba odiándole— me recuera el caso de esos hombres a los que al cambiarles el nombre se les curan de golpe todos los males.

Que hubiera cambiado de idioma para su escritura era lo menos impresionante de su trayectoria, porque pertenecía a la generación que en España se había familiarizado con el inglés desde temprana edad y, por otra parte, nunca había dejado de advertirme que cualquier día se pondría a escribir en ese idioma en el que, según decía, era más fácil medrar (utilizaba sin complejos ese verbo de escasa solera moral, lo que desde luego daba que pensar). Lo que más me impresionó fue que, en el breve periodo de tiempo que transcurrió entre su llegada en enero a Nueva York y la publicación en diciembre de su primer y triunfante libro, *Each Age is a Pigeon-hole* («Cada edad es un casillero»), hubiera sabido crecer tanto en coraje y, muy especialmente, en talento; ahí —en lo del talento— creció de una forma tan asombrosa que a mí, desde el primer instante, me indujo a especulaciones de todo tipo.

3

Tal vez Gran Bros, solían decir algunos, era de la estirpe singular de aquellos que, nada más llegar a tierra americana, se impregnan en el acto del gran nervio creativo de la Gran Manzana. Pero yo me encontraba entre aquellos que no sabían cómo acabar de explicarse que con tanta facilidad el autor distante se hubiera convertido en el escritor ágil y atractivo, cargado de un extraño talento (que en familia ni habíamos sabido detectar mínimamente), ante el que tanta gente en el mundo se había rendido, sin pedirle cuentas por un pasado deshonroso que parecía contar con un dispositivo perfecto que, situado en el interior de la memoria de sus mediocres días barceloneses, iba borrando a gran velocidad cualquier recuerdo de la vergonzosa primera etapa de su biografía literaria.

Aún no sé cómo lo consiguió, pero fue convirtiéndose en el afortunado creador del célebre *The Bros Touch* (el toque Bros), es decir, en el inventor de un estilo muy singular, encantador por la facilidad con la que parecían brotar todas las frases. Y con la rápida llegada del éxito, también en uno de los más logrados ejemplos de cómo saber en todo momento huir de las obligaciones mediáticas que comporta alcanzar la fama.

¿Había quizás llevado siempre en silencio su ambición de borrar su imagen y, paralelamente a ese movimiento, triunfar como escritor y hacerlo sin paliativos? Con Rainer Bros, como ya había sucedido con otro «gran oculto» como Thomas Pynchon, era imposible responder, con conocimientos suficientes, a esta cuestión. En cualquier caso, la jugada no había podido salirle mejor pues, al margen de la perfección con la que había sabido cambiar su *look* literario, muchos lectores se habían ido acercando a sus libros movidos por el morbo y la curiosidad que suscitaba una invisibilidad sin fallos en su bien armado mundo social hermético, inaccesible.

Incluso a mí, que a fin de cuentas era su hermano mayor, me resultaba imposible acceder a él, ni siquiera a través de sus editores, porque todos guardaban con implacable esmero —igual que hoy en día— una *omertà* inquebrantable.

Quienes, como sus editores americanos, decían haberlo tratado, pero sólo en conversaciones telefónicas —esto sonaba a *falso*—, coincidían en que si en Barcelona, donde siempre había sido un escritor gris, Gran Bros se había dejado ver demasiado por todas partes, en Nueva York se había dedicado a ser la otra cara de la moneda. Por lo visto, ya desde que llegara, mucho antes incluso de hacerse tan fulminantemente famoso con su muy celebrado *Each Age is a Pigeon-hole*, había empezado a sentir una potente fobia hacia la posibilidad de ser reconocido (y no digamos importunado) por desconocidos en la calle o lugares públicos, como si ya fuera una celebridad cuando en realidad aún no lo era ni en broma. No, no lo era todavía, pero él, con una cierta chifladura, estaba convencido de que lo sería enseguida y se comportaba —lo pensaba especialmente yo, a quien en conjeturas nadie ganaba— como si alguien le hubiera prometido que «programaría» con eficacia su casi instantánea fama mundial.

Por lo que contara un frustrado aspirante a ser su biógrafo, su fobia aumentó nada más hacerse tan célebre en diciembre del mismo año de su llegada.

En cualquier caso, la singularidad de aquella aversión, a diferencia de la de otros famosos invisibles, Pynchon o Salinger, estribaba precisamente en que había comenzado a padecerla en el momento mismo de pisar Nueva York, ni antes ni después, tan pronto como llegó a la ciudad y comenzó a escribir la novela que, con mi sigilosa ayuda, tardó pocos meses en dejar acabada. De mi colaboración en la jocosa *Cada edad es un casillero* me acuerdo bastante bien, casi a la perfección: treinta y cinco citas literarias, además de unas crípticas instrucciones que le envié sobre cómo organizar la incursión de lo intertextual en la estructura de su novela: unas crípticas instrucciones que no me había solicitado, pero que le remití en lenguaje casi cifrado, equivocándome al pensar que ni sabría verlo y menos aún interpretarlo.

A primera vista, uno podía pensar que Gran Bros le había visto enseguida las orejas al lobo del capitalismo y había querido extirpar de raíz cualquier posibilidad, por ejemplo, de ser utilizado más de la cuenta por su editorial y que quisieran fotografiarle día tras día y llevarle a todo tipo de canales de televisión y hacerle promocionar eternamente su novela. Pero yo, que le conocía bastante bien, creía intuir que no iban por ahí las cosas y sí más bien al revés, porque me parecía que había en *Each Age is a*

Pigeon-hole, aunque no fuera muy perceptible para el público en general, una cierta complacencia con la política de las grandes editoriales y con las peores costumbres de los grandes *lobbies*, como si en realidad se hallara muy feliz en aquel duro núcleo central del capitalismo mundial en el que acababa de aterrizar.

A ese bienestar de Rainer también podía ser que hubiera contribuido un hecho que sólo era puro rumor, pero que nadie contradecía nunca y que iba adquiriendo cada vez mayor credibilidad: había empezado a ocultarse con tan perfecto dominio de la invisibilidad porque se había casado con una mujer influyente, poderosa; una dama extremadamente hábil, que le protegía de todas las molestias por las que tenían que pasar el resto de los escritores, famosos o no.

En el fondo —no tengo por qué ocultarlo— me daba rabia que le fueran tan bien las cosas. Y no ignoraba que el hecho de que se hubiera convertido en un secreto adorador de las luces y del oro de Nueva York no me servía —si era yo honesto conmigo mismo— para denostar los méritos artísticos de su trabajo, y esto último es probable que contribuyera aún más a que él me diera —mejor dicho: él no, sino su gran éxito— tanta rabia.

Aunque no había trascendido más allá del pequeño círculo familiar, mi prima Valeria, la hija menor de tía Victoria, aseguraba que Bros no era un escritor tan oculto, pues ella le había visto en Nueva York, como mínimo tres veces, mezclado siempre con la multitud, en Penn Station. Le acompañaba una pelirroja, una mujer de unos cuarenta años, parecida a Barbara Hutton.

—¿Y estaba muy cambiado? —le había preguntado un día a Valeria, sólo por ver qué me decía.

—Llevaba una gorra de esas que se ponen al revés. Le sentaba fatal. Y tenía un bigote. Un bigote lamentable. Como de Hitler, ¿sabes?

Con Valeria era difícil saber, ni siquiera tratándose de una gorra o de un bigote, qué podía ser para ella el revés de algo, de modo que aquellas pistas no orientaban demasiado. Además, por su forma de ser, Valeria parecía querer rivalizar en hermetismo con Rainer Bros, ya entonces muy famoso por su facilidad para el ocultismo y por su destreza para saber representar de un modo convincente uno de los más sonados y logrados ejemplos de cómo alcanzar la fama rehuyéndola.

Y de nada servía preguntarle a Valeria si la mujer que recordaba a Barbara Hutton se parecía a la antaño famosa Hutton por su físico o por llevar un letrero en la cabeza que dijera que era multimillonaria, o por ser, como la Hutton, una devoradora de maridos, o por cualquier otra cosa por el estilo. Valeria parecía adscrita al Club de los narradores no fiables, tirando a perturbados, suponiendo que existiera un club con ese nombre, que, de existir, posiblemente habría sido fundado por Nabokov. Y no podía uno estar muy seguro de nada con ella, y menos de lo que contestara. En esto era bien diferente de su madre, de tía Victoria, que no sólo tenía un desconcertante y muy original sentido del humor, sino que, además, era fiable en todo lo que decía y, encima, era para muchos de los Reus «el mito positivo de la familia», como la había definido una vez Rainer con innegable despecho pero colaborando involuntariamente con sus palabras precisamente a la creación del mito.

Tía Victoria ganaba por diez a cero en genio y talento y en lo que se terciara, en cualquier cosa, a Gran Bros, aunque a éste le hubiera llegado un reconocimiento mundial y a tía Victoria, por su prodigiosa mente y su trayectoria intelectual, sólo un discreto prestigio de orden local, aunque se trataba de una reputación —como la que también tenía en familia— enormemente justificada. Porque tía Victoria era algo así como la reina de los Reus. Había sido, en sus momentos de mayor esplendor, una mezcla insólita, única, de optimismo, locura y sabiduría. Y para mí, un motivo de orgullo que fuera la gran y verdadera estrella de mi familia.

Yo siempre pensaba: si algún crítico norteamericano descubriera a tía Victoria, escribiría una tesis brillantísima acerca de cómo el pobre Gran Bros tuvo que salir por piernas de Barcelona para no verse oscurecido por el inmenso talento de su tía. Y esa historia, pensaba a veces, habría contenido un material indudablemente magnífico para una buenísima novela de Saul Bellow, de no ser porque éste —me deprimía ya sólo pensarlo— hacía tiempo que había muerto.

A diferencia de su madre, Valeria, en cambio, era de tendencia fantasiosa y por tanto de nada servía, por ejemplo, pedirle detalles acerca de cómo era exactamente aquella «Barbara Hutton» pelirroja que acompañaba a Gran Bros en sus excursiones siempre por la misma estación ferroviaria. Aun así, un día, en un intento de saber algo más, le preguntamos si no podía ser que aquella gorra que llevaba Bros al revés junto al presumible grosor del bigote nazi le hubieran impedido a ella ver bien el rostro de su famoso primo. En otras palabras, intentamos confirmar nuestra más que fundada sospecha de que en realidad no le había visto y tal vez sólo había entrevisto a una imitadora de la pelirroja más famosa de Hollywood, Maureen O'Hara por ejemplo, en compañía de un zoquete.

Valeria reaccionó con rapidez.

—Era tío Rainer, era él, lo tengo claro. Un Schneider puro.

Me quedé pasmado, porque me lo dijo sólo a mí o, como mínimo, mirándome sólo a mí, como si pensara que yo era el familiar más bobo y el más fácil, por tanto, de engañar. O como si quisiera insinuar —no se lo he perdonado nunca— que los Schneider, sólo por ser de procedencia alemana, teníamos un toque hitleriano.

Ay, Valeria.

4

Quizás el truco de Gran Bros había sido estudiar muy bien la estrategia del propio Pynchon, pues, al igual que pasaba con éste, no había forma de dar con una sola pista sólida sobre Rainer en todo Manhattan. Los periodistas y curiosos que a lo largo de los años, algunos con persistencia admirable, habían tratado de dar con él se habían topado —a excepción, por supuesto, de nuestra prima Valeria— con un sofisticado sistema de protección, tan hábil como extraordinariamente perfecto. Gran Bros era inabordable también para mí. Y el único contacto que tenía con él eran sus escuálidos, tacaños, rácanos, miserables, parcos correos.

«Querido asesor y muy apreciado *der Gehülfe*…»

Como aquel e-mail llegó justo aquel viernes de octubre cuando estaba yo paralizado sin poder completar la frase que copiaba, al principio creí que no podría ni leer aquel correo y me llevé una sorpresa al ver que ocurría lo contrario aunque, apremiado por la situación difícil en la que me encontraba, leí sólo el encabezamiento, dejando su lectura para mejor momento.

Por acostumbrado que estuviera ya a ese trato suyo más o menos vejatorio, siempre acababa preguntándome por qué desde el primer día en que solicitó el auxilio de mi archivo de citas, en lugar de alegrarme tanto, no le había frenado de entrada. Tendría que haber sido, me decía a mí mismo acerca de aquella petición suya, mucho más perspicaz y haber sabido ver, desde un primer momento, lo que me esperaba si me ponía tan a su servicio: pasar a habitar únicamente en el negativo de su imagen fabulosa de autor.

De su anónimo despacho de Manhattan, como si se hubiera transformado en otra persona, habían ido surgiendo, a lo largo de casi un cuarto de siglo, «las cinco novelas veloces», cinco novelas llenas de frases fulgurantes, de cambios continuos de perspectivas y en las que era para mí al menos indudable que yo había colaborado en la sombra con mis citas literarias, pero también con sugerencias, con ideas —algunas de ellas pensadas incluso para estructurar sus novelas—, que le dejaba caer veladamente en mis respuestas a sus correos: unos mensajes ciertamente crípticos que iban allí comprimidos en mis correos y eran como flechas que, sin que yo pudiera casi ni creérmelo, veía a veces hasta con estupor que llegaban perfectamente a su destino, es decir, que eran descifradas por alguien, por el propio Rainer, pero quizás por otra persona, siendo esto último lo más probable.

Era sorprendente en cualquier caso que todas mis consignas crípticas llegaran al receptor ideal, es decir, fueran perfectamente interpretadas. Y entre otras cosas era sorprendente por el poco espacio con el que contaba para convencer tan sutilmente a Gran Bros de que no diera la espalda, a la hora de narrar, al infinito número de posibles estructuras que ofrecía la práctica del «arte de las citas» que había patentado —aunque no desarrollado— Georges Perec en los años sesenta.

Aun viviendo yo humillado y ofendido, sentía un especial orgullo —mezclado con las inevitables rabia y envidia— ante las novelas de mi hermano, porque a fin de cuentas éstas eran interesantes y planteaban con eficacia los grandes temas que supuestamente han venido concerniendo desde siempre al ser humano. Y ese orgullo o satisfacción, que recibía tantas punzadas de mi envidia, aumentaba cuando leía los elogios que algunos críticos dirigían al «método innovador» de Rainer Bros, de quien decían que recordaba, en algunos aspectos, al gran Thomas Pynchon. Uno de esos críticos había llegado incluso a jugar con la idea de que Rainer Bros parecía «el hijo espectral del autor de *El arco iris de gravedad*» porque conectaba «con los dominios internos de las locuras pynchonianas».

Los temas que Gran Bros tocaba eran el amor, la muerte, el tiempo, la inmortalidad, la locura, la existencia de Dios, las dudas en el camino..., aunque combinando tanta parafernalia trascendente con temas inmensamente banales, domésticos, generalmente tan frustrantes como lo son nuestras vidas cotidianas en la edad de oro del consumismo. De fondo, por debajo de esa mezcla de cuestiones serias y banales, se iba desarrollando nada menos que una sigilosa historia, la banda insonora del único conflicto que vivía la mente de Gran Bros.

Porque toda su obra se podía sintetizar a la perfección diciendo que se dedicaba a narrar la historia secreta de una duda.

La duda que, primero, había tenido entre escribir

o no escribir, y después, cuando ya había escrito y por tanto no podía proseguir con esa duda inicial, la disyuntiva entre despreciar a la puta escritura (con la consiguiente renuncia a ella) o abrazar la fe y la alegría y continuar: «Por un lado, hay una tendencia en mí a arrojarme sobre mi propia sombra. Y, por el otro, un impulso de ascenso, una tendencia a viajar hacia la lejanía etérea de una buena luz matinal en la que encontrar por fin, aunque borroso, mi verdadero punto de vista. Dicho de otro modo: por un lado, hay rechazo y radical renuncia; por el otro, fe y felicidad».

5

Siempre había encontrado admirable que Bros supiera pasar, sin apenas despeinarse y a una cierta velocidad de vértigo, de un tema trascendente —que
parecía que acabaría convirtiéndose en el centro de
su novela— a otro un tanto más frívolo, que también
parecía que podía acabar ocupando el centro y tampoco lo hacía: iba él de un lado digamos grave a otro
de condición opuesta, muy ingrávido, y viceversa; iba
como un loco y sin parar, de un lado para otro, y uno
acababa confirmando que en la literatura la originalidad era sólo un fetiche y no existía, pero en cualquier
caso Gran Bros, aun no siendo original (como a fin
de cuentas, por mucho que se lo creyeran, tampoco

podían serlo el resto de los escritores), era distinto en algunas cosas y así, por ejemplo, en sus novelas —en realidad, monólogos dramáticos— *no perseguía nunca* un tema hasta sus últimas consecuencias.

En esto llevaba la contraria a la mitad de la humanidad, pues no era precisamente un perseguidor, lo que, en mi opinión, era su mayor virtud. Parecía querer imitar el ritmo enfebrecido de nuestro tiempo y huir, a cada dos páginas, del que, al menor de sus descuidos, pudiera consolidarse como tema grave o ingrávido, pero central de su libro: quizás por eso saltaba del amor y del paso del tiempo, por ejemplo, a las «fluctuaciones de la bolsa», de la música de Beethoven a comentarios gastronómicos, de las «familias infelices» de Tolstói y compañía a la lesión en la espalda de John Fitzgerald Kennedy...

«*Gran Bros è mobile*», había cantado una vez con gracia en Auckland, Nueva Zelanda, un grupo de grandes borrachos, todos admiradores a muerte de sus libros. Y aquel *youtube* había dado la vuelta al mundo, y representado posiblemente el punto más alto de su consagración como escritor de culto. A fin de cuentas, de ese *youtube* todavía hoy se dice que influyó en el dibujante Banksy, especialmente, por supuesto, en el tema de la invisibilidad llevada con tan refinada y poderosa perfección.

Mobile o no, lo cierto es que en su prosa la solidez se imponía a la ligereza, le ganaba por puntos en ese combate. En esa lucha, había que reconocerlo, se daban momentos brillantes. Y yo, particularmente, nunca disentí de la opinión general de que, por ejemplo, las trabadas páginas dedicadas a la espalda del presidente Kennedy en su segunda novela, *Wisdom Asks Nothing More* («La sabiduría no pide nada más»), eran el fragmento más valioso, aparte de más sorprendente, de toda su narrativa.

Tan afortunadas páginas sobre la espalda *kennedyana* dieron origen, creo, a lo más grande que escribiera en su vida el crítico John David Woods, que insinuó que todos aquellos pensamientos que, al hilo de la espalda del héroe de guerra, afloraban allí tan apretujados unos con otros, eran lo más parecido a una letanía y a estar viendo pasar a toda velocidad «soles frescos de diferentes días», puesto que parecían homenajes a *Impresión, sol naciente*, ese pequeño y esencial cuadro de Claude Monet en el que, en primer plano, se veía la diminuta y borrosa silueta de un hombre remando de pie en un bote con otra figura a su lado y donde, apenas visibles en la sensación de infinito que creaba la media luz de la mañana, mástiles y grúas se reflejaban en el agua...

Todavía está por saber lo que quiso decir con

aquello John David Woods, pero sus palabras pasaron a la historia y a mí siempre me gustaron, quizás porque voy entendiéndolas cada día más sin entenderlas del todo nunca. A veces pienso que quizás tan sólo quiso decir que el punto de vista elegido por el narrador era el mismo que eligió Monet para fundar, sin saberlo, el impresionismo francés...

Me pregunto ahora, por cierto, si John David Woods pudo llegar a presentir alguna vez la media luz de esta mañana en la que me encuentro, como también me pregunto si algún día será posible que alguien lea estas páginas y pueda llegar a verme aquí donde estoy ahora sentado en este ángulo perfecto. Sin duda, es el enclave ideal para contar lo que estoy contando y lo que voy a contar, pues desde aquí también mi vista alcanza a ver un puerto, con sus mástiles y grúas, y porque, además, éste es un lugar donde tengo todo el tiempo del mundo para confirmar que la vida sigue un patrón cuyo dibujo mejora a medida que vamos aprendiendo a distanciarnos de los acontecimientos. Porque también a distanciarse de las cosas —que para mí es lo mismo que distanciarse de la tragedia, que a su vez es lo mismo que ser un maestro en no dejarse ver— se aprende con el tiempo.

¿Verdad, Banksy?

6

En definitiva, uno podía encontrar en los textos de Gran Bros —que desde mi punto de vista había ido convirtiéndose, inconscientemente, en una especie de mezcla muy curiosa entre Thomas Mann y John Ashbery— los grandes temas de siempre de la literatura, aunque siempre interrumpidos, deliberadamente malogrados, por retazos que ironizaban con la trivialidad de nuestra era y por ese tipo de sensaciones agónicas que tantas veces afloran en nuestra vida cotidiana y que acaban sólo por conducirnos a una idea de final, o de suicidio, a una idea de salto desde lo alto de un acantilado, o de huida a toda velocidad de lo que nos tiene atormentados.

Parecía haber en el fondo de esas variadas pulsiones de huida que anidaban en todos sus monólogos dramáticos una intención de descubrir cuál podría ser el tono exacto en el que, sin anclaje alguno con la gravedad, podría un día escribir un alma errante que digamos que, libre ya de su cuerpo, se dedicara a vagar como en sueños, pero sin estar en un sueño: se dedicara a vagar, entre mástiles y grúas, por una tibia mañana eterna en medio de un espacio infinito.

Alguien dijo que ese tipo de hablador que parecía navegar a veces por la media luz de una mañana eterna era absolutamente clave en la obra de Bros. Y si alguien fue el primero en estar de acuerdo con esto, sin duda fui yo. Porque juraría que la creación de ese narrador perdido en la media luz de una mañana la propicié yo mismo con las indicaciones crípticas que deslicé sutilmente en las primeras cartas que le enviara a Rainer al apartado de correos de sus editores.

Otro comentarista de su obra, un conocido crítico francés, en cambio, no es que no hubiera visto esto, sino que no vio nada o, mejor dicho, creyó ver que las novelas de Bros ayudaban a que pudiéramos entender mejor por qué en la actualidad los ciudadanos se rebelaban más que nunca contra sus líderes. Y yo, al leerlo, no había podido parar de reír y de pensar en lo loco que tenía que estar el crítico que había escrito aquello, porque el trabajo de Bros no desdeñaba el tema político, pero, ya desde su misma primera y «veloz» novela neoyorquina, *Each Age is a Pigeon-hole*, se había soterradamente situado del lado de los poderosos de la Tierra y, aunque no quedaban demasiado a la vista sus ideas retrógradas —en comparación con las que yo sabía que anidaban en su mente—, algunas de ellas puntuaban de vez en cuando sus textos y había que estar ciego para no captar ni una de sus repugnantes pulsiones reaccionarias.

Y bien poca responsabilidad tenía yo en ese oscuro lado conservador de Bros —su *lado Thomas Mann*, si se miraba sólo desde el punto de vista estético—, en realidad ninguna responsabilidad en aquello. Precisamente quien sí estaba cerca del concepto de rebelión era yo, aunque sólo fuera porque detestaba a los que confraternizaban con la persistencia de la explotación y de la desigualdad social, a la que en mi imaginación situaba en la canasta de la ropa especialmente sucia que un día separamos para llevarla con urgencia a la lavandería.

En realidad, en mi vida personal sobre todo, andaba sublevándome contra lo que podía, enviándoles mal de ojo a los explotadores, pero también al tirano de Gran Bros, así como a cuantos críticos y lectores le ensalzaban sin preguntarse siquiera si no había alguien más detrás de aquellas «obras maestras», que de ese modo era como las calificaban algunos. Porque esta cuestión no era precisamente baladí. Era más bien todo un problema, o piedra en un zapato, en mi propio zapato: mis colaboraciones, mis cesiones de citas, constituían el imprescindible «suplemento oculto» de la obra de Bros, un suplemento vital, que servía de contrapeso al siempre muy disimulado factor mercantilista que, por imperceptible que fuera, yo sabía, o creía saber, que habitaba en muchas de las ideas del autor.

Pero es que, además —por atrevido que pueda parecer que lo diga—, estoy seguro de que, sin ese «suplemento oculto» que desde Barcelona primero y luego desde Cap de Creus fui yo forjando en la sombra, Rainer jamás habría tenido la «marca de estilo» que hoy ya nadie le discute. Ahora bien, lo que estoy diciendo no significa que llevara yo mal no ser detectado como asesor e inspirador a veces del autor distante, todo lo contrario. Y si alguna vez lo llevaba mal era sólo durante pequeñas y muy privadas crisis que llegaban de tarde en tarde, cuando, por ensayar nuevas posiciones mentales, me ponía en el sitio de alguien con más ambiciones que las mías y entonces me sublevaba viendo lo que Rainer estaba haciendo conmigo y acababa llorando de emoción y rabia, normalmente siempre junto al acantilado de Cap de Creus, que con el tiempo había acabado por sentir como mío.

Sin embargo, la mayor parte de los últimos años de mi vida los había pasado sin caer en inútiles ambiciones, lo cual, rabia y envidias aparte, me había permitido sentirme más tranquilo y hasta más afortunado que si las hubiera tenido. Por eso hasta me complacía y me sentía feliz cuando leía los elogios que, muy especialmente en Nueva York, recibía Gran Bros. Uno de esos aplausos críticos me hizo reír mucho en su momento, porque me pareció una réplica casi exacta de lo que dijo Raymond Queneau de la obra de Raymond Roussel: «Crea mundos con una potencia, una originalidad, una inspiración de las que hasta hoy Dios creía tener la exclusividad». Y un crítico de *The New Yorker* le dedicó a Bros estas palabras, las más colosales que creo que él recibió nunca, porque quien las escribió estuvo particularmente inspirado, parecía que hubiera tenido acceso a mis pensamientos más recónditos: «En realidad el tema de fondo de sus libros es si seguir o no seguir, ésa es su *that is the question*, una oscilación entre dos conciencias: la que desea tener fe en la escritura y la que preferiría inclinarse por el desprecio y la radical renuncia. En la tensión de esa duda va construyendo

Gran Bros toda su obra. Recuerda al psicótico que se debate siempre en esta disyuntiva: ahora sí, ahora no, estoy dentro y estoy fuera, al mismo tiempo; sigo, no sigo».

Todos esos elogios estaban construidos con sugerentes frases, por lo que, nada más leerlas, pasaban de inmediato a ser convertidas en citas y a formar parte de mi archivo. A fin de cuentas, me sentía ligado a su obra, yo era el tipo que le daba a la literatura de Gran Bros su marca de agua, su sello de distinción, tomando la palabra *distinción* en su sentido literal: «distinguirse» de la obra de los otros, y diría que incluso distinguirse de aquellos a los que, por influjo mío, más se parecía y que eran —lo que no significa que yo potencialmente pudiera ni de lejos parecerme a ellos—Ashbery, Greta Sea, Lispector, Echenoz, Michon...

Un día ya medio borroso y bastante perdido en el pasado quise probar hasta dónde podían llegar las cosas con él, con Gran Bros, y le escribí una carta con invocaciones tímidas a «la llama, cabe suponer, todavía viva del afecto fraternal» y le hablé de la nueva disciplina de crítica literaria que acababa yo de fundar —mentira, no había fundado nada, estaba demasiado entretenido en lograr llegar a fin de mes y no endeudarme más— con motivo de mi cincuenta y cinco aniversario y que iba a dedicarse a juzgar las obras de arte en función, le dije, de si su autor tenía o no conciencia de la imposibilidad de que siguiera existiendo la literatura en el siglo XXII.

Fue un correo en el que se me cruzaron los cables y en el que después vi que había tratado de escaparme desesperadamente de tener que ser tan sólo un empleado de Rainer Bros, un ínfimo habitante de su universo de gloria sin rostro. Pero su seca y acanallada respuesta fue de las que no se olvidan, literalmente repugnante: consistió en aumentarme en tres dólares cada una de las dos pagas anuales; un gesto que sólo podía estar buscando humillarme; un incidente con el que, si no fuera porque mi naturaleza nunca dejó de ser humilde y porque, además, no querría ahora romper la belleza tímida de esta gran mañana desde la que escribo, ya sólo con recordarlo podría perder por completo los nervios.

Tras el ridículo aumento de aquella paga bianual, no hubo día en que, aún admirándole pero al mismo tiempo lleno de odio, no especulara acerca de cómo podría vengarme y no tuviera al menos un breve pensamiento relacionado con admirarle y otro con destruirle, a excepción precisamente de aquella tarde de octubre de hace unos años en la que el colapso, al interrumpir el tejido de lo infinito, me había dejado tan obsesionado únicamente con mi duda sobre si *seguir o no seguir* con la cita que copiaba, que no podía pensar en otra cosa, y eso retrasó el acceso al e-mail que mi hermano me acababa de enviar.

Finalmente, unos minutos después, me decidí a averiguar qué deseaba decirme mi invisible hermano, aparte de saludarme con aquel encabezado que no era demasiado burlón, pues más bien se había convertido para mí en un inofensivo lugar común:

«Querido asesor y muy apreciado *der Gehülfe...*».

Pasé a leer el mensaje que me llegaba procedente del aeropuerto Kennedy, de Nueva York —no pude evitar dedicarle un pensamiento a las brillantes páginas de Gran Bros sobre la espalda del malogrado presidente— y vi que iba a volar dos horas después a Barcelona: «Subo al avión como quien dice ahora mismito. Mantén, por supuesto, el secreto. Mantenlo. Te espero este domingo 29 a las once en la parroquia del santo papa Eugenio en la calle Londres. No faltes. Ya es hora de que vea tu cara».

Aquel e-mail de Rainer parecía escrito con mucho alcohol encima, no sólo por ese «mismito» (que chirriaba), sino porque había errores gramaticales; no los voy a reproducir todos, pero, por ejemplo, en lugar de «santo papa Eugenio» había escrito «santa papa Iugeni». Su mensaje me dejó desconcertado. A decir verdad, no podía ni creérmelo. Todos sus lectores querían ver su cara, y él, en cambio, buscaba ver la mía. Pasé un rato con la mente en blanco y luego otro rato largo preguntándome por qué diablos Rainer Bros querría viajar a Barcelona.

Era tan raro que anunciara algo así que hasta me hizo sospechar que lo hubieran matado en Nueva York y alguien hubiera ocupado su lugar. Pero no. Yo sabía que eso era sólo mi imaginación que algunas veces volaba en exceso. No hacía ni dos semanas que Rainer Bros se había desentendido por completo del final de la vida de nuestro padre. Y su actitud de indiferencia absoluta, unida a su comportamiento idéntico ante la muerte de nuestra madre tres años antes, me había horrorizado al tiempo que me había hecho dar por sentado que Rainer Schneider Reus ya no reaparecería nunca y que, dado lo bien que le iba todo, llegaría un día en que, con toda la aplastante lógica del mundo, dejaría de enviarme aquella calderilla desde Nueva York y se olvidaría de mí para siempre.

En cualquier caso —dije orientándome hacia un lado práctico—, era muy posible que su inesperado viaje a Barcelona me permitiera averiguar por qué no había dejado nunca de pasarme dinero. Algunas pistas, aunque no del todo convincentes, ya las tenía, pues no podía olvidarme de que Rainer Bros había puesto en boca de un personaje secundario de su tercera novela, *A New Future is Good Business* («Un futuro nuevo es buen negocio»), unas palabras que parecían querer aclararme indirectamente por qué seguía ingresándome sus dos rácanas pagas anuales. Decía aquel personaje —de nombre Torth— que nada le gustaba tanto como aplacar su mala conciencia imitando a Theo, al hermano de Van Gogh, el hombre que no tenía problema en financiar al pintor para que no tuviera éste que renunciar a su vocación artística.

¿Aquella referencia a «la financiación de Van Gogh» procedía de su mala conciencia? Era posible que existiera ese remordimiento y que éste le viniera de saberse reconocido como novelista y no poder ignorar que el drama de los escritores famosos como él residía en haber conocido, antes de alcanzar el éxito, a algunos otros escritores que hasta tal punto eran escritores de verdad que precisamente por esto no habían podido conseguir un nombre y una fama y habían acabado apagados y asfixiados.

Pero no veía yo claro que sólo por tener mala conciencia fuera Rainer a dejar la capital del mundo occidental para plantarse en su desgraciada ciudad natal. Y tampoco me pareció que fuera a desplazarse a Barcelona porque, por ejemplo, quisiera que yo le diera detalles íntimos de los últimos días de Padre, pues, a fin de cuentas, Rainer no le soportaba de ninguna forma y en su momento el conflicto brutal entre ambos había ido más allá de lo sensato, y seguro que ni siquiera más de veinte años en Nueva York habían podido relativizar un problema irresoluble.

¿Le movía a viajar tal vez el afán de comunicarme algo trascendental? ¿Que se moría, por ejemplo? Eso era más factible, pero en realidad, si lo pensaba bien, no veía nada claro que fuera a morirse, al igual que no veía lo contrario, y quizás lo que pasaba era simplemente que *no le veía*, porque me costaba verle después de tantos años de no tener el menor acceso a su imagen. ¿Y si se había vuelto un completo monstruo y quería que yo lo supiera? Sin duda esto último, incluso habiéndose vuelto él un monstruo, era aún más improbable.

Tal vez lo que me sucedía era que me costaba *verle* después de tantos años, pero tampoco podía decir que Rainer hubiera llegado nunca a ocultarse del todo, porque, si bien no le había visto en todo ese tiempo el rostro, también era verdad que una de las cosas más curiosas de las que pasaban en sus «cinco novelas veloces», especialmente en la cuarta, en *We*

Live in the Mind («Vivimos en la mente»), era que, aun deseando sus personajes desaparecer, nunca hacían nada por esconderse. Quizás pretendía comportarse de esa forma y pasar unos días en Barcelona para demostrarme que, como los personajes de *We Live in the Mind*, en el fondo él nunca acababa de ocultarse del todo. Pero eso era especular demasiado. Y, además, quizás sucedía lo contrario de lo que acababa de imaginar y Rainer viajaba a Barcelona con la intención de desaparecer finalmente por completo.

Y bien, me dije, quizás mi hermano sólo deseaba explicarme que había cambiado de vida y de táctica y ahora prefería dejarse ver. Pero muy pronto me pareció que tampoco podían ir por ahí las cosas, pues por algo me había pedido guardarle el secreto, lo que significaba que deseaba viajar de riguroso incógnito. Y, en fin, era bien difícil saber por qué diablos viajaba a Barcelona, pues no era nada fácil imaginarse a alguien mínimamente cuerdo interrumpiendo su maravillosa vida secreta en una ciudad como Nueva York sólo para ver, en esa provincia del imperio que se llamaba Cataluña, la cara de su esclavo.

7

Entonces caí en la cuenta de que su viaje podía estar relacionado con los avatares de la política catalana. Pero seguía pareciéndome casi impensable que alguien, en pleno uso de sus facultades mentales, se aviniera a cancelar su maravillosa invisibilidad neoyorquina y lo cambiara todo sólo para medir los grados de la temperatura separatista de su país natal.

Era especialmente asfixiante en aquellos días la sucesión de noticias acerca de Cataluña. Aunque he de decir que yo me ahorraba la sobredosis de informaciones, porque tenía una actitud austera ante el imparable bombardeo mediático: no compraba la prensa, llevaba dos semanas sin encender el televisor

—descansaba de él porque Padre lo había tenido encendido demasiadas horas en los últimos meses de su vida— y no buscaba casi nunca noticias en el móvil. Sólo escuchaba la radio, y de ésta una frecuencia rara, de más allá de los Pirineos, una emisora de las afueras de Perpiñán que transmitía de vez en cuando noticias de política interrumpiendo sus intensas sesiones dedicadas a las canciones de Her (quizás era una emisora propiedad de esa banda musical).

En cierta forma, yo deseaba sostener, con mi individualidad desesperada, una lucha contra la soterrada propaganda continua de los partidos, siempre en campaña electoral. Quería que en mi vida se situaran siempre al mismo nivel el plano «histórico» y el personal. Y amaba especialmente a los escritores que habían sido capaces de lograr que cuanto escribían acerca de sus experiencias personales alcanzara la esfera suprapersonal o social. Y de entre ellos amaba sobre todo a los que, a partir del momento en que la literatura quedó establecida como un fin en sí misma —sin Dios, sin justificación externa, sin ideología que la sustentara, como un campo autónomo: una posición que empezó a forjarse con Flaubert y sobre todo con Mallarmé, e incluso antes de ellos— supieron asimilar sin problema su condición de impostores.

¿Acaso no era ésa también la fuerza de la literatura, al menos a partir de Mallarmé? Era la especial fuerza que surgía de quienes no podían alegar más autoridad que la propia y sabían situarse solos frente a la totalidad del ser, sin muletas, sin nada. Después de todo, siempre había sido este tipo de escritores el que más me había atraído, pues nunca me había parecido que la literatura tuviera que ponerse a escarbar en busca de realidades políticas, de regímenes políticos que siendo, por su propia naturaleza, estúpidos —aunque, eso sí, siempre distintos entre ellos— iban sucediéndose imperturbables, sin que nada cambiara demasiado con cada nueva gran imbecilidad diferente.

Me gustaban personas como Kafka y, siempre que caía extenuado yo de vivir en mi mente, me acordaba de Bolaño que había dicho que la literatura de Kafka era la más esclarecedora y terrible (y también la más humilde) del siglo pasado. Me gustaba que Kafka hubiese demostrado que la literatura ofrecía todas las posibilidades de ir más allá, sin dejar por ello de resolver las cuestiones que el pútrido sistema político de turno pudiera plantearnos a nosotros, pobres mortales. Y amaba también a Joyce. Hombre de un individualismo implacable, que había hallado en su lema «silencio, exilio y astucia» su posición ideal frente al nacionalcatolicismo irlandés, el mismo que, tras la independencia de 1922, llevó al gran poeta William Butler Yeats, que había estado ocupado tantas veces en altas experiencias poéticas, a tener que defender su hogar de Merrion Square con el cañón de un fusil que, estratégica y dramáticamente, asomaba por un agujero de una pared del recibidor de su casa.

En mi intento por escapar, aunque fuera sólo a ráfagas, de aquella conjunción repentina de problemas «históricos» y personales, me pregunté, aquella noche en el caserón de Cap de Creus, antes de salir por fin a dar el liberador paseo hacia Cadaqués que tanto necesitaba, si no cabría la posibilidad de que, a pesar de su tan manifiesta como terca voluntad de ser parco en todos sus correos, pudiera empujar por una vez a Rainer a ser algo más elocuente y explicarme en un segundo e-mail qué había detrás de aquella extraña e inesperada propuesta de cita en la ciudad de Barcelona, en la parroquia del muy desconocido papa Eugenio, un papa del que con el tiempo acabé averiguando tan sólo que era un buen conocedor de las características de la vida bizantina.

¿Ni siquiera había tenido en cuenta Gran Bros que yo vivía en las afueras de Cadaqués y que podía resultarme complicado acudir a su cita en unas fechas, además, que eran conflictivas? Pero preguntarle algo parecía, en principio, una tarea abocada al fracaso, porque nunca en veinte años me había enviado un segundo correo respondiendo a las preguntas que había generado su primera comunicación. Tan sistemática ausencia de réplica era una implacable norma que él mismo había instaurado y jamás la infringía. O, mejor dicho, una vez la había transgredido y había sido poco después de su llegada a Nueva York, cuando había contestado aviniéndose a explicarme, aunque muy brevemente, por qué había decidido modificar su apellido y esconderse del mundanal ruido: «Me ha atraído, con delirio siempre, el arte de desaparecer, me ha chiflado mucho siempre, eso es todo».

Fue la única vez que existió una segunda comunicación por su parte, un nuevo mensaje, un tanto trastornado, todo sea dicho. Pero en los días y años que siguieron ya jamás se dignó volver a contestar a mis intentos de establecer una relación más continuada y nunca respondió a las preguntas con las que le lanzaba yo desesperados anzuelos para ver si lograba humanizar la relación. Era como si quien desde Nueva York enviaba el primer correo saliera de vacaciones inmediatamente después de haberme escrito y ya no deseara ver nada de lo que, siempre con esperanzas de obtener una misericordiosa réplica, pudiera yo enviarle.

Aun dando por hecho que estaría ya a pie de avión y podía resultar inútil probarlo, decidí intentar, como fuera, que me avanzara algo acerca de por qué viajaba a Barcelona. Tenía que lograr que comprendiera que, si quería encontrarse conmigo, esta vez iba a tener que ser más elocuente.

Tal vez no ignoras, le escribí, que el domingo hay en la ciudad una manifestación antiindependentista —una reacción al separatismo por parte de la llamada «mayoría silenciosa», la otra mitad de la población catalana— y yo no sé, pero quizás sea esta manifestación la que te esté impulsando a volver, para alinearte con los constitucionalistas, o quién sabe si lo contrario, para boicotearlos. ¿Podrías decirme si por casualidad es esto lo que te conduce a Barcelona? ¿O es que has pensado en venir sólo por venir?

No respondió. Y acabé pensando en cómo ya en nuestra juventud sus silencios me sacaban de quicio, lo que a él parecía entonces divertirle mucho. En cierta ocasión, en la década de los setenta, hasta había conseguido que perdiera los estribos al dejarme en la mesilla de noche un mensaje con ínfulas de sentirse, a pesar de ser mi hermano menor, un ente vagamente superior: «Mira, guardo silencio porque no me gusta alardear de haber creado el mundo».

No fue la primera ni la última vez que se creyó ingenioso y se comparó con Dios. En una entrevista realizada en Barcelona un año antes de que viajara y desapareciera en Nueva York, había tenido el descaro de decir —a pesar de lo pésimo que era todo lo que entonces escribía— que había aprendido a narrar con el ritmo del mundo mismo, como si Dios existiera y le estuviera mirando con una atención descomunal.

¿Qué papel tenía Dios en todo aquello? En los días preneoyorquinos, con frases de ese estilo y con otras que aún eran más ridículas, Rainer me había puesto muy difícil que tratara de admirarlo o, como mínimo, de respetarlo un poco. Es más, era complicado, con lo mucho que bebía en esa época, sentir un mínimo de interés por su trabajo literario. Pero todo iba a cambiar, de la noche a la mañana, con su traslado a Manhattan y con sus «novelas veloces». Y aunque nunca dejó de parecerme demasiado fulminante aquel cambio, yo a veces me explicaba en parte su transformación radical por la posible influencia de aquella probable esposa secreta, aquella mujer «influyente y poderosa» de la que nos había hablado Valeria y de la que, además, hablaban los rumores diciendo que respondía al nombre de Dorothy, aunque poco más se sabía de ella.

Que había cambiado —mejorado escandalosamente como escritor— lo percibí ya con total claridad el día en que, a modo de respuesta a algunos de sus paisanos que decían no comprender la intertextualidad exagerada en sus novelas, fue capaz de escribir un ensayo en el que ofreció una brillante explicación de su forma de trabajar, porque transformó nada menos que algunas de las propuestas de T. S. Eliot en *La tradición y el talento individual* en una interpretación innovadora de la práctica e historia de la literatura, logrando incluso que todo el mundo creyera que aquel ensayo de Eliot —aquí estoy seguro de que mintió como un cosaco— había sido una pieza clave a la hora de estimularle a colocar la intertextualidad en el centro de su narrativa.

Una proeza técnica. No sabría definirlo de otra forma. Logró construir un documento que contenía un razonamiento muy refinado, perfecto, un diestrísimo mecanismo de relojería en el que desmentía, con gracia, el carácter meramente caprichoso de su propensión a inyectar sobredosis de citas literarias en sus novelas.

¿Cómo se puede aprender tan rápido a ser tan hábil escribiendo?

Se lo preguntaron en *Review of Contemporary Fiction*. En una de las pocas entrevistas que hizo —como todas, por escrito, siempre protegiendo al máximo su privacidad—, le dijeron que habían oído comentar que su obra narrativa de Barcelona era muy inferior a la americana y les extrañaba que hubiera dado un salto tan grande con su literatura. Esa pregunta potenció —con el misterio que parecía encerrarse en ella— el mito del invisible Gran Bros. Y contribuyó aún más a ello la respuesta que él dio y que fue muy astuta, porque simuló que se iba por las ramas y habló del «gran forcejeo de la humanidad», del que dijo que en realidad se resumía en esa necesidad general de reclutar al prójimo para atraerlo a nuestra versión de lo real. La respuesta no desconcertó al periodista, que le hizo entonces ver que aquello lo había dicho en realidad Saul Bellow en *Las aventuras de Augie March*. Y eso era precisamente lo que Gran Bros esperaba que le dijera el periodista, porque entonces él pudo hasta lucirse al decir que no tenía que extrañarse nadie de que hubiera dicho aquello, puesto que era un secreto a voces que su habilidad la pedía siempre prestada.

El ingenio demostrado en aquella respuesta —dada, además en dos movimientos de ajedrez bien calculados— potenció su mito naciente, aunque yo no fui de los que quedó impresionado por su exhibición. Porque para mí la respuesta que él podría haber dado, y con la que seguramente habría dicho gran parte de la verdad —siempre partiendo de la base de que a mí no me nombraría por la vergüenza inmensa que le daría citarme—, tendría que haber sido una escueta réplica de sólo siete letras, las mismas que yo a veces, en sueños, veía inscritas por todo lo alto en unas luces de neón: Dorothy. O bien una explicación algo más explícita:

—Es un secreto a voces y va a serlo más a partir de ahora, que la habilidad la pido siempre prestada a mi esposa Dorothy.

Claro que ésta habría sido sólo una parte de la verdad, y, encima, aún me faltaba saber a mí si mis sospechas sobre Dorothy tenían un fundamento cierto.

Así que me limité a pensar que, en cualquier caso, hubiera escrito plenamente él o no aquel ensayo, lo que estaba claro era que tenía su mérito, porque había allí una habilidad especial para presentar a ciertas propuestas de T. S. Eliot como claves en su método de trabajo. Era un tipo de habilidad que parecía provenir más de Dorothy (o de quien fuera) que de él, aunque yo, prudente, nunca quise descartar que esa habilidad la hubiera adquirido el propio

Rainer en la escuela de la vida, en este caso, en la escuela de la vida literaria neoyorquina, sobre la que, a fin de cuentas, yo nada sabía.

Quizás lo más llamativo de aquel ensayo era la capacidad que exhibía Rainer para desacreditar brutalmente a sus detractores, que quedaban en ridículo tras su lúcida defensa de la decisiva presencia de la intertextualidad en su obra. Ahora bien, siempre estuve convencido de que en el fondo Rainer no creía en nada de lo que tan brillantemente allí defendía, mientras que yo, en cambio, si creía en la teoría literaria con la que él trabajaba, quizás porque daba por hecho que, desde la distancia y con mis cifrados correos, había contribuido a que existiera.

Tenía claro que había esa diferencia esencial entre los dos: yo creía en la teoría que vertebraba toda su obra, y él no. Y de hecho creía tanto en ella que a veces me decía que si por circunstancias de la vida me tocara tener que urdir una cerrada defensa de la misma —hablar por tanto de la influencia del «arte de las citas» (el método inventado por Perec) en las novelas de Rainer Bros— resultaría hasta convincente, a pesar de mi falta de práctica en las lides ensayísticas.

¿Provenía realmente de Dorothy parte de aquella extraña habilidad para defender una teoría sobre el sentido de su obra intertextual? ¿O se trataba sólo de delirio e imaginación, de pura especulación casi demente por mi parte, y en realidad Rainer, sin más problema, había escrito él solo la brillante defensa de su método intertextual? Si Dorothy había participado en aquel ensayo, en ella debía de haber algo de alma gemela a la mía, aunque seguramente iba a quedar fuera de mi alcance poder comprobarlo algún día. Pero si había sido escrita tan sólo por Rainer y no había participado Dorothy para nada en aquello, yo entonces estaba en este mundo sin un alma gemela, y a lo sumo tenía sólo un hermano. Si era así, estaba ante una tragedia más, pues con un hermano pero sin un alma gemela, pensaba yo, estaba más solo en el mundo de lo que de por sí ya lo estaba, y eso me obligaba a ser aún más consciente de lo que callaba la escritura de Gran Bros y que sería precisamente lo que no callaría mi escritura suponiendo que yo algún día escribiera.

¿Qué no callaría yo? La angustia de la muerte, la angustia de saber que morimos totalmente solos, y el resto del mundo sigue alegremente sin nosotros. ¿No es de esto de lo que en realidad habla la mejor literatura que hemos conocido? ¿No intenta la gran narrativa agravar la sensación de encierro y soledad y muerte y esa impresión de que la vida es como una frase incompleta que a la larga no está a la altura de lo que esperábamos?

Aun con el temor de no tener un alma gemela —lo que equivaldría al descubrimiento de que estamos sin Genius, el dios al que confían nuestra tutela al nacer—, todo me llevaba a pensar que ese temor era infundado y que existía Dorothy o alguien parecido, alguien que imaginaba yo que debía de tener a su alcance una especie de máquina Enigma —aquella máquina de rotores alemana que permitía descifrar mensajes bélicos— en la que leía de forma altamente lúcida lo que en lenguaje muy comprimido le había estado enviando a Rainer en mis breves e-mails crípticos.

De existir ese alguien, estaría para mí claro que yo y ese «alguien con Enigma» habríamos estado trabajando codo con codo, sin saberlo, construyendo las estructuras innovadoras de las novelas veloces de Gran Bros, quizás no tan gran autor como sus seguidores creían, aunque grande a fin de cuentas, ya fuera tan sólo porque contaba con dos excepcionales ayudantes o subalternos ocultos al servicio de su escritura.

Muchas veces, antes de dormirme, entraba en delirios de grandeza, tan impropios de mí, y pensaba: pobre Gran Bros, mitad yo y mitad Dorothy.

8

Siboney, que había sido mi pareja en los últimos meses, era un ser muy agradable y cuando se volatilizó de aquel modo tan extraño, cuando de la noche a la mañana se borró de Cadaqués, no pude por menos que echarla mucho en falta, además de preguntarme por qué alrededor de mí todo el mundo, tarde o temprano, parecía desaparecer. No quería resignarme a pensar que era yo una especie de sombrío individuo fatídico que, a la larga, borraba a cuantos se situaban cerca de él. No quería creer que las cosas eran así, pero la sospecha de que yo era en realidad un agente de las desapariciones me dejaba inquieto, derrumbado a veces, en estados de culpabilidad de los que me costaba escapar. Y es que en ocasiones, en momentos de fatiga de mi propia mente, momentos como los de aquella tarde de octubre, me parecía que tanto mis padres como Siboney habían sido las últimas víctimas de mi actividad de involuntario agente depredador.

A causa de todo esto, arrastraba un desconcierto y una cierta melancolía esa tarde de octubre de hace unos años, y aún la arrastré más cuando, tratando de huir de todos los problemas que conspiraban contra mí y huyendo, sobre todo, del vértigo de la irresistible atracción del doble cañón de la escopeta heredada de Padre y de esa idea apocalíptica de final de todo, di unos pasos más en la casa en ruinas con muebles a la venta, allí en el fin del mundo, y me planté en la puerta de un modo hasta forzado, como si tuviera que competir con alguien a la hora de salir de allí en estampida.

El exterior se llamaba Cadaqués y hacia aquel pueblo tenía que encaminarme. Tenía muy claro que debía dejar atrás, por un par de horas al menos, el paisaje peligroso con acantilado, aquel caserón de Cap de Creus que amenazaba ruina y que recomendaban en el pueblo —Siboney había sido la primera en suplicármelo— que dejara de habitarlo cuanto antes mejor. El caso es que, aquella tarde, casi fueron los fantasmas del acantilado los que me convencieron de que de una vez por todas abandonara el encierro en aquel tambaleante hogar que, tras la muerte de Padre, parecía ya balancearse definitivamente en el abismo mismo, como si quisiera evocar aquella escena de *La quimera del oro*, de Chaplin, en la que un caserón se columpiaba en la cima misma de un alto precipicio.

Me di cuenta de que para mí era hasta urgente ir caminando hacia el pueblo de Cadaqués, donde quizás pudiera por fin cruzarme con Siboney —me resistía a creer que verdaderamente hubiera desaparecido— y preguntarle por qué había estado tantos días sin dejarse ver, preguntarle qué diablos le había pasado y por qué se había esfumado poco después de aquella visita que me había hecho a casa después de la muerte de Padre. Claro que podía no encontrarla por ninguna parte y en cambio cruzarme con personas que aún no me habían dado el pésame por la muerte de Padre y que, al dármelo, añadieran, con las previsibles torpezas verbales, más angustia a la que ya de por sí llevaba yo encima.

En cualquier caso, cargaba con tanta desazón los problemas del día que parecía imposible hacerle ya un solo hueco a un grado más de angustia, ni siquiera a la que indefectiblemente me comunicaban los demás. Y en ese tipo de congojas y terrores sin duda el máximo especialista en transmitirlas que yo conocía era el señor Worminghaus, un icono del pueblo, un hombre básicamente pintoresco, tanto por sus atuendos, que rendían un desaforado homenaje a la huella que habían dejado los hippies y otras tribus de perezosos que habían pasado por el pueblo, como por su afición a los sueños proféticos y a las sociedades secretas, un hombre notablemente obeso y sucio con el que aún no me había cruzado desde que muriera Padre. Le temía, porque sabía que, en cuanto me viera, intentaría —en vano— dejarme más hundido todavía.

Yo esperaba reencontrar a Siboney, no podía creer que hubiera desaparecido sin dejar una sola nota de despedida, tal vez se escondía únicamente de mí. Prefería desde luego encontrarla a ella, y no tanto al señor Worminghaus, pero sabía que bastaba que deseara esto para que ocurriera todo al revés y el callejón de mi angustia aún se estrechara más.

Lo que no me esperaba de ningún modo, quién iba a imaginarlo, era lo que me contaron después en Cadaqués, en la barra del bar Marítim: el señor Worminghaus también había desaparecido.

—Sin embargo, no soy culpable —le dije al camarero que me había dicho aquello—. Porque, aquí

donde me ves, sólo estoy escapando un rato del caserón y del abismo.

—Ya —dijo—. Pero así precisamente suelen hablar los culpables.

9

Una hora antes de alcanzar aquella barra del Marítim, hallándome todavía en el caserón y todavía considerando urgente salir, pero no decidiéndome a emprender la marcha hacia Cadaqués, demorándome más allá de lo normal para la urgencia que se suponía para escapar de allí, noté de pronto que hasta el mismo ambiente del salón de la casa parecía aspirar a tomar cuerpo, a humanizarse, quizás con la idea de plantarse de pronto a mi lado y quedarse allí pasmado, atónito, mirando con tristeza por la ventana de la casa, haciendo incluso posible lo que podía juzgarse a primera vista improbable: que el ambiente acabara mimetizándose con una figura humana y, recordándome a Padre, que tantas horas, multitud de horas, gran parte del último año de su vida, había pasado allí sentado en su sillón, junto a aquella ventana en la que el mal tiempo siempre parecía peor de lo que en realidad era cuando uno miraba a través de los cristales.

Se preparaba tormenta, según la ventana. Pero esto no indicaba que fuera a aparecer una tempestad, aunque la lluvia estaba asegurada. Si se buscaba algún tipo de certeza en la imprecisa ventana, también se podía encontrar porque era bastante evidente que alrededor de aquel sillón vacío circulaba, tras la muerte de Padre, una especie de energía de ausencia en la que podía adivinarse —imposible un mejor lugar en la casa para presentirlo— el abismo que nos espera a todos.

Salí con paraguas, convencido de que llovería, y caminé un buen rato bajo un cielo gris de hielo, muy encapotado. A cierta distancia ya del caserón, noté que me sentía otra persona, y hasta llegué a intentar silbar una canción ligera y algo desesperada, cuya letra, estando yo sin el archivo, extraje, con la ayuda de mi memoria, del poema «Booz dormido», de Victor Hugo:

«Estoy solo, soy viudo y sobre mí cae la tarde».

Desde luego, una letra muy apropiada para mí y

para la ocasión. No podría ahora razonarlo mínimamente, pero estaba seguro de que pensar en la muerte y en los muertos y sólo ver muerte por todas partes
podía salvarme de ver cómo se hundía aún más mi
ánimo. Y así fue como, caminando hacia el pueblo,
fui percibiendo con todo detalle, por decisión propia, la destrucción por doquier, la muerte oculta en
las múltiples guaridas de aquel impresionante fin del
mundo que era Cap de Creus. Y así fue también
como, gracias a aquellas visiones y llevando a buen
ritmo la caminata, fui teniendo la sensación de que
me acercaba cada vez más a la posible revelación o
epifanía que —sospechaba— podía estar esperándo-
me a la vuelta de cualquier recodo del camino. Pero
sólo era una sospecha porque de lo único que podía
estar seguro era de que por suerte iba dejando cada
vez más atrás lo que me importaba que fuera que-
dando lejos: mi angustia por la frase sobre el infinito
que esperaba completar cuando me hubiera tocado
el suficiente aire de aquella oscura tierra de fin de
mundo, tan modelada por la tramontana, entre otras
fuerzas y vientos.

Y fui dejando atrás la frase inacabada al distraer-
me con otras cosas, sobre todo al esforzarme en pensar cómo habrían podido ser los primeros días de
Rainer en Nueva York, caminando él siempre entre

la multitud con su tan imitado y parodiado —logró ponerlo bien de moda en su primer libro— «insaciable no yo», es decir, un afán de *no ser*, que en el fondo a lo que aspiraba era precisamente a *ser*.

Sin lograr mimetizarme del todo en Bros, porque sentí desde el principio que no iba a estar a mi alcance lograr convertirme en un caminante feliz, y menos aún en el enamorado de la vida universal que había demostrado ser él en sus primeros años neoyorquinos, fui caminando hacia Cadaqués, donde esperaba no tener que llegar a pensar nunca que allí estaría mi futuro hogar cuando tuviera que dejar mi casa en ruinas; un caserón por el que, ya antes de que fuera el hogar de mis padres y mucho antes de que aquella zona de Cap de Creus tuviera su restaurante en el faro, o se convirtiera en territorio de senderistas, había pasado un día por delante de él, sin poder imaginar ni loco que, siendo ya unos ancianos, mis padres serían vilmente engañados y lo comprarían y se retirarían a vivir precisamente allí. Y menos aún pude llegar a imaginar que, con los años, el último habitante del caserón sería yo y que una enfermera de Padre y buena amiga, Siboney, hablando en nombre de Cadaqués entero, me advertiría de que pronto iba a ser incluso peligroso vivir allí.

Andaba pensando en esto aquella tarde de oc-

tubre de hace unos años cuando, al entrar en el pueblo, tras haber caminado unos minutos ya bajo la lluvia, rastreé el fantasma de la muerte en un grupo de
pescadores que se había agrupado en el portal del
Durand, lo rastreé por mantener mi idea de que ver
sólo destrucción por todas partes iba a poder salvarme del hundimiento radical de mi ánimo, no porque
viera la muerte en aquella reunión tan viva de gente
del pueblo. Y pensé, observando a los pescadores del
Durand, que en realidad era muy inapropiado y hasta grotesco decir, como había dicho Bros, que aquel
lugar, Cadaqués, era irrelevante, y aún más inapropiado afirmar que era un pueblo muerto; otra cosa
era que yo quisiera rastrear la latente destrucción
que anidaba en el lugar, y que pensara que rastrearlo
podía salvarme de algo.

Lo más probable, me dije, era que en su embru-
tecida apreciación del lugar Rainer se hubiera dejado
llevar en todo momento por sus ansias de venganza;
le habían tratado mal allí en el pasado cuando, siendo joven, había ido a espiar cómo era la vida que deseaba llevar y había visto que, en efecto, esa vida a la
que aspiraba no era otra que la de los artistas hippies
del pueblo, aunque con el trajín que él llevaba difícil-
mente iba a poder imitarlos, ya que si esos artistas
eran todos unos pacíficos y santos bonachones, Rai-

ner, en aquellos días, iba desaliñado de un modo extremo y era de carácter caótico y perverso, con el problema añadido de que le gustaban la marihuana, el LSD, la cocaína y muy especialmente las mujeres fatales, aquellas en las que detectaba, con ojo muy agudo, que sabrían complicarle la vida al máximo.

De hecho, Rainer había logrado ser tan insoportable que las fuerzas vivas del pueblo acabaron conjurándose para sacárselo de encima, lo que al final consiguieron. Y se sabía que Rainer, muy dolido, había jurado venganza eterna al subir al autobús que le devolvería a Barcelona. El aspirante a monje tibetano que viajó a su lado en aquel regreso no deseado volvió al pueblo semanas después y contó a todo el mundo que el muy desgraciado joven expulsado había llorado un buen rato, sobre todo al comienzo del trayecto.

10

Ya sólo entrar en la ferretería en lo alto de la calle más empinada del pueblo, pensé que no tendría que haberme adentrado allí, y no lo pensé por la pendiente tan pronunciada que me había visto obligado a superar y que me había dejado cansado, sino por Ferragut, el ferretero (hay apellidos que parecen programar el destino de quien los ostenta), un tipo al que no recordaba tan patoso y terrible. Tuvo una forma un tanto extraña de hacerse visible en su propia tienda. Apareció primero su sombra, y luego él detrás de esa sombra preguntándome, con tono de voz extraño, fantasmagórico, como surgiendo de su propio tedio, si necesitaba algo. Era como si me odiara por la dudosa calidad de los tres muebles que, heredados de Padre, le había vendido dos semanas antes, pero en realidad, pronto lo descubrí, me odiaba por el simple hecho de haber entrado en la tienda y haber interrumpido y roto no su tedio, sino algún tipo de extraño ensueño en el que estaba sumido.

Tenía que ser un ensueño descomunal el que interrumpí porque su cara de malhumor era tremenda. Enseguida noté que me había complicado la vida al pretender comprar allí una sencilla pila para el despertador. Y recordé que a veces una persona no hace más que salir de una complicación y casi sin darse cuenta ya está entrando en otra.

«Uno sale de una gran dificultad para entrar en una ferretería, lo que complica todavía más las cosas» (Ramona Parker, *El pasaporte*).

Mientras me preguntaba si continuar o no allí, comencé a imaginar que me encontraba en otra tierra, en otra parte, no en un comercio mediocre o en una cueva oscura, que era a lo que más podía parecerse aquella ferretería, sino en un amplísimo exterior abierto a los cuatro vientos y donde el cielo —el mío, no el de aquel establecimiento— estaba muy encapotado. Sentirme bajo ese cielo propio me trajo confusiones y complicaciones, sobre todo cuando Ferragut, reprimiendo a duras penas su malhumor, volvió a preguntarme si necesitaba algo, y el miedo me llevó entonces a mirar instintivamente hacia arriba, donde me encontré de nuevo con aquel cielo encapotado, que vi que seguía siendo sólo mío. Me acuerdo muy bien de aquel cielo o falso techo de la ferretería que en un fulgurante movimiento de sus nubes me transportó de pronto a un día ventoso, a un día inequívocamente del pasado, un día en el que había ido con unos amigos de Trás-os-Montes a la bella ciudad de Amarante, en el norte de Portugal, y había dado unas vueltas por la casa y por el jardín de la familia de Teixeira de Pascoaes (al que en aquellos días traducía con fervor para una editorial de Valencia), gran poeta, que fuera buen amigo de Unamuno, el cual, tras haberle visitado en esa casa de Amarante, le escribió una carta con una posdata de la que en una de mis fichas yo aislé dos frases que sentí que me atañían particularmente: «Me acuerdo de la finca y de su ventana y del gran jardín... ¡Y que Dios se acuerde por siempre de nosotros!».

Me atañían esas palabras que sonaban tan envejecidas, quizás porque un pensamiento recurrente en mí, una preocupación central de mi mente, me llevaba con obstinación, con más frecuencia de la deseable, a preguntarme por qué ya no se imploraba a Dios, ni había plegarias como las de antes, es decir, por qué el lenguaje de Unamuno había pasado en tan poco tiempo a sonar muy anticuado.

Me encontraba, pues, muy centrado en cuestiones como éstas, víctima de un cierto sentimiento trágico de la vida —heredado sin duda de Padre—, un sentimiento que en aquel momento no pude ni imaginar que, después de tantos años de padecerlo, iba a ir perdiendo —muy especialmente en intensidad— en aquel mismo fin de semana en el que estaba adentrándome.

Sumido en divagaciones sobre las plegarias y sobre Dios, me encontré de pronto, cuando menos lo esperaba, de nuevo en la realidad, es decir, en la ferretería, y quedé por completo descolocado, sobre todo porque Ferragut estaba insistiendo, ahora con exagerado mal humor, en preguntar si necesitaba algo.

Reaccioné como buenamente me dio a entender mi cielo encapotado.

—Es que no —me limité a decir.

Había roto mi concentración, le expliqué al comprobar que me miraba con fiera agresividad. Fue mi modo de devolverle aquella manera que había tenido de mirarme cuando un minuto antes, al entrar en su comercio, había roto su posiblemente cómico ensueño. Y como no acababa de reaccionar, a continuación entré en detalles y con mala saña le expliqué que había entrado en su tienda con la idea de, primero, pensar, y después, si se terciaba, ya hablar con él y ver si le compraba algo.

En realidad, ya no era sólo venganza por su mirada inicial sino un intento de darle miedo a quien era muy consciente de que con su sombra me había dado miedo a mí. Devolverle con pánico el pánico. Pero no conseguí dárselo y más bien logré el efecto contrario, porque a Ferragut el terrible, tal vez porque no sabía dónde mirar, le dio por simular que él también sabía concentrarse y se concentró a fondo en la palma abierta de mi mano —como si buscara algo en ella—, y me vi obligado a decirle que aquello que creía ver que sucedía en mi muñeca derecha no era de la incumbencia de nadie y menos de su sábana.

Al oír esto, Ferragut quedó atónito. ¿De mi sábana?, acabó preguntando muy irritado. Y vi que ya era demasiado tarde para rectificar y que no me quedaba mayor alternativa que dejar aquel lugar que había encapotado yo mismo.

Salí de allí arrepintiéndome de haber cedido a aquella pequeña deformación profesional, porque mi frase al ferretero sobre lo que sucedía en mi muñeca derecha —podría habérmela ahorrado— no había sido en realidad más que una especie de «variación Goldberg» de unas conocidas palabras autistas del pianista Glenn Gould: «Lo que sucede entre mi mano izquierda y mi mano derecha no es de la incumbencia de nadie».

Podría haberme ahorrado aquella «variación Goldberg» tan innecesaria. A fin de cuentas, la frase no hizo más que revelarme que yo cada día iba más sobrecargado de nefastos tics de proveedor de citas. De todos modos, si lo pensaba bien, me dije, vería que en realidad Ferragut se había ganado a pulso acabar oyendo aquello, pues se había ido haciendo muy evidente que, desde el momento mismo de entrar en su local, me había hablado con ese peculiar odio pueblerino cada vez más extendido en aquellos días en Cataluña hacia esa clase de forasteros que se intuía que podían ser de Barcelona. Porque la ciudad, en el imaginario de muchos de mis paisanos —en los que pervivía la nostalgia de una Cataluña rural, de una Cataluña *más auténtica*, más representativa de las supuestas verdaderas esencias de la tierra—, siempre había sido vista como un lugar construido para reírse de las creencias de los demás cuando no como un foco de pecado mortal o como un homenaje, tal como dijo un carlista que era primo segundo mío (de la rama de los Reus de Manresa), a «los desnudos integrales importados de París».

En cualquier caso, fue una liberación dejar atrás

la mirada de odio del ferretero, al que dejé allí seguramente pensando: se confirma que este cliente falso es un buen ejemplo de mamarracho urbano, puro artificio, un catalán *nada auténtico*, ni siquiera sabe lo que quiere. Extranjero de mierda. Y encima se ha dejado el paraguas el muy burro.

11

Pensé de pronto en lo que decía Albert Cossery, un ídolo de mi juventud: «Nunca deseé tener nada que no fuera ser yo mismo. Puedo salir a la calle con las manos en los bolsillos y me siento un príncipe».

Completamente libre, con las manos en los bolsillos —ya no llovía y quizás por eso no noté que me había olvidado el paraguas—, contento de sentirme por unos instantes *una cita viviente*, fui bajando despacio hasta la plaza principal del pueblo, la plaza frente al mar, el lugar más inevitable de Cadaqués y también el que tiene más alma, más espíritu. Un lugar casi terapéutico, y la prueba era que notaba que había ido descendiendo la fatiga de mi mente y había empezado a resonar, en pleno centro de mi cerebro, *Tajabone*, una canción senegalesa, oída en un film de Almodóvar; una canción que había tenido siempre la virtud de relajarme.

Fui bajando cada vez con mayor calma y, eso sí, echando en falta la humilde pila —nunca el paraguas— que había ido a buscar a la maldita ferretería. Entré en el ineludible bar Marítim, muy concurrido a aquella hora y sometido al estruendo de un televisor con el sonido a gran potencia. Ante mí, de pronto, los católicos Casulleras, viejos amigos de mis padres, que enseguida, sin que me concedieran ni tiempo para saludarles, me reprocharon que no los hubiera ido a visitar. Me pareció un reproche hipócrita, porque estaba seguro —no tardé en confirmarlo— de que yo no les importaba nada, y preferí no decirles que, aunque sólo fuera porque tendía a confundirlos siempre con los Redolleras, los creía muertos a los dos.

Me dediqué a contarles que andaba todavía muy ocupado vendiendo algunos de los muebles que quedaban en la casa y también unos cuantos objetos familiares de los que necesitaba desprenderme, pues necesitaba dinero, entre otras cosas porque iba a quedarme sin sitio para vivir, porque no era ya seguro permanecer entre aquellas ruinosas paredes que había heredado de mis padres.

Dije esto, y siguió un tremendo silencio de los Casulleras. Dinero, repetí levantando la voz, por si querían darse por enterados y tal vez prestarme alguna clase de ayuda. Y luego en tono más bajo les comenté que no iba desde luego a sacar muchos euros de los muebles y objetos, pero tenía que sobrevivir y la casa no me la iba a comprar nadie, porque el ayuntamiento pensaba derruirla y ya nunca podría volver a construirse allí, tan cerca del acantilado, de modo que algo tenía que hacer si quería tirar adelante en la vida.

La señora Casulleras quiso saber si no me alcanzaba con las traducciones y tuve que explicar que más valía que no confiara en ellas mucho, pues cualquier día podía dejar de tener aquel trabajo. Además, pagaban cada vez menos. De modo, dije, que no sabía qué sería de mí. Por un momento, me pareció que los católicos Casulleras iban a dedicarme algunas palabras de ánimo o de afecto, pero fue sólo un espejismo. Quizás no sólo estaban muertos, sino podridos. En una esquina en lo alto del local, la televisión iba retransmitiendo los tejemanejes de la mitad de los parlamentarios catalanes, cabía suponer que a un solo paso ya de declarar la independencia y constituir la República catalana. Y viendo yo que también los Casulleras tenían su mente suspendida frente al televisor, aproveché para acabar de tomarme a toda velocidad en la barra el *cremat* que había pedido, y largarme lo antes posible de allí, largarme en busca de aire fresco que me diera en plena cara y me ayudara a remontar la tarde tal vez ya irremontable, pues era un crepúsculo que, a causa quizás de la repentina infinita pena que me habían contagiado los Casulleras, había hasta borrado la alegría de *Tajabone* para devolverme a un seco y duro desconsuelo.

Sin duda lo más curioso fue que, nada más alcanzar la puerta de salida del Marítim, todo volvió a cambiar, porque, al golpearme el aire fresco en el rostro, de nuevo creí por momentos estar en otro lugar, en otro pueblo, en otro mundo. Y de algún modo, lo estaba. Doblé una esquina en la que había un gran muro negro, muy alto y cargado de grafitis, y probé a perderme más allá de la herrumbre y la hiedra del solar contiguo a esa gran pared. Y me perdí. Vi capas de muy distintos verdes caer en pendiente hasta el mar de aquel atardecer. Hasta que me sentí de nuevo bajo el mismo cielo encapotado que había imaginado, por cuenta propia, en el interior de la ferretería, es decir que, por primera vez en toda la tarde, lo real y lo que concebía mi imaginación parecían coincidir por completo.

Captar esto fue decisivo y hasta me tranquilizó.

Después de haber pasado por diferentes zozobras en la ferretería y en el Marítim y en la esquina grafitera del muro negro, me encantó sentir que caminaba por el asfaltado camino al lado del mar y saberme del todo seguro por fin de algo, por mucho que se tratara tan sólo de una certeza acerca de lo profundamente enca-potado que estaba aquel día. Iba pensando en esto cuando me crucé con el pintor Vergés, al que conocía ya de los días en que, siendo muy joven, había apare-cido yo por primera vez en el pueblo. Le relacionaba con una leyenda que había nacido en una época en la que yo no había pisado aún aquel lugar: una noche del 64, durante el mítico rodaje del film *Los pianos mecánicos*, Vergés había tenido un romance —que cogió por sorpresa a todo el mundo en el pueblo, y de ahí la leyenda— con la actriz principal de la película, la gran Melina Mercouri. Por lo visto nadie esperaba que la actriz se acostara precisamente con él y quedó grabado en la memoria de su generación.

Siempre que le veía, no podía evitarlo, me acor-daba de aquel dato. Pero daba la impresión de que el donjuanesco Vergés, en cambio, no pensaba ya nun-ca en aquella historia de amor tan anclada en el pasa-do. Es muy raro, pensé, cómo nos ven los demás, y también muy raro cómo veo yo a este hombre, al que relaciono con una historia muy personal suya que a él, suponiendo que no la haya olvidado, quizás le importe actualmente un carajo.

Nos detuvimos a hablar un momento, y Vergés me dijo que «me acompañaba en el sentimiento» por lo de Padre, pero lo dijo de un modo extremadamente torpe, como si no supiera cómo se daba un pésame, confirmándome que en Cadaqués una gran parte de la población parecía incapacitada para formular, con tacto, una condolencia. Tuvo también unas palabras para mi madre, a la que, dijo, había apreciado mucho. Admiraba en ella, me explicó, la dureza de su carácter, una dureza que atribuía a que se había formado en los años severos de la guerra civil. Cuando ya íbamos a despedirnos, me comentó que al día siguiente él se dirigía a Barcelona, no para unirse a la República catalana que estaba a punto de ser proclamada, sino para iniciar un viaje por diversas ciudades españolas para despedirse de ciertas amigas y amigos que vivían o sobrevivían en ellas. Le expliqué que al día siguiente yo probablemente iría a Barcelona para un asunto secreto. Pero ni siquiera agregándole aquel tono de misterio a mi viaje conseguí que se interesara por mi desplazamiento, todo lo contrario, lo que fue una señal de que no iba a ofrecerme una plaza en su coche. Y poco después, seguíamos nuestros caminos.

Por el mismo sendero junto al mar, minutos más tarde, me crucé con Gemma, la mejor amiga de Siboney. Y enseguida, sin poder disimular mi inquietud, le pregunté si sabía algo de «la desaparecida». No es fácil esconderse en Cadaqués, así que habrá ido lejos del pueblo, dijo Gemma, que estaba más atractiva que de costumbre, a pesar de que una luz del alumbrado le daba a su cara un aire profundamente mortecino; como si esa luz, al buscar perjudicarla, estuviera consiguiendo el efecto contrario.

Cuando me dijo que, desde que había sabido que Siboney había desaparecido, el tiempo pasaba más despacio para ella y se sentía todavía más sola en el pueblo, confirmé que, cuando se ausentaba, Siboney lograba estar más presente que nunca. Dicho de otro modo, su energía de ausencia se notaba por todas partes.

Marina, la tía de Siboney, dijo Gemma, había estado contándole aquella tarde que ya otras veces su sobrina se había escapado y luego había vuelto, y también le había dicho que en Cadaqués los que se iban tardaban a veces años en volver, pero regresaban todos, sin excepción, aunque fueran devueltos por el mar, o en una caja de pino. Pero eso, dijo Gemma, era muy discutible, bastaba pensar en los náufragos de *La Galiota*, uno de los tantos barcos de Cadaqués cuyos tripulantes no habían vuelto a ser vistos nunca, aunque el nombre de la embarcación había regresado al pueblo en forma de nombre de restaurante, el que años más tarde montaron las hijas del capitán en recuerdo de su padre desaparecido.

Pregunté si Marina era la tía con la que vivía Siboney y me dijo que sí, que no había otra, las dos vivían solas en un pequeño apartamento en la carretera de Port Lligat. Gemma había ido varias veces aquel mismo día a preguntar si había vuelto Siboney y se había encontrado con una Marina nada inquieta por la desaparición y que, como la vieja un tanto trastornada que era, le había repetido varias veces que regresar después de haber huido era la especialidad de los nativos de Cadaqués. Y me parece, añadió Gemma, que eso es también lo que les pasa a los que se van de Cataluña. Lo dijo con una sonrisa divertida, que parecía remitir a un deseo por su parte de desdramatizarlo todo y de querer comunicarme una cierta confianza en la reaparición de Siboney. Pero yo, junto a las olas y el mar, lo que necesitaba en aquel momento era más bien hacerme fuerte en la melancolía. No tenía ganas de reír y, con la idea de empezar a despedirme de Gemma, le hablé del pintor Vergés y de su viaje para ver por última vez a todos sus amigos y conocidos.

¿Se va Vergés?, preguntó ella. Bueno, dijo de nuevo con humor, está claro que de aquí se van todos pensando que, por supuesto, van a volver. Sonreí esta vez yo también, pero, para contrarrestar la alegría que de nuevo había situado ella en primer plano, me dediqué a pensar, mientras sonreía, en un fragmento implacable de Beckett, al que siempre recurría cuando quería quedarme callado y matar lentamente una conversación: «Lo tenue. El vacío. ¿También se van? ¿También vuelven? No. Di no. Nunca se van. Nunca vuelven».

Y mientras pensaba en esto y me empeñaba en la tristeza —como si la larga sombra de Ferragut y los Casulleras se proyectara sobre mí— fui dándome cuenta de que las modulaciones de la luz estaban logrando que Gemma cada vez estuviera más bella, y eso a pesar de que las mismas modulaciones le daban un aspecto cada vez más terrorífico y mortecino. Pensé que a la gran Gemma, para que no se muriera, tenía que dejarla en paz. Y también pensé que en realidad no tenía ni idea de cómo enfocar aquella paradoja que se daba con ella y la belleza. Y como no quería alarmarla diciéndole que estaba meditando sobre estas cosas, traté de disimular y lo compliqué todo al acercarme mucho a ella y mirarla de un modo sin duda desaforado, la miré de esa forma porque siempre había pensado que mirar tan de cerca era un modo de averiguar si alguien me escondía algo. ¿Y si me había mentido y en realidad era cómplice total de Siboney, que seguramente había decidido perderme de vista, sobre todo después de la decepción que había tenido al visitarme días antes, por última vez, en la casa del acantilado?

Estaba sospechando que Gemma me ocultaba algo cuando ella, de pronto, sin que yo pudiera esperármelo, volvió a reír. Muy posiblemente me encontró ridículo examinando su rostro tan de cerca, mirándola de aquella forma que tanto asustaba, al tiempo que delataba que buscaba averiguar si era verdad que Siboney había desaparecido.

Y de repente me pareció percibir que cuanto más ridículo me mostraba ante todo el mundo, mejor lo pasaba, porque me relajaba mucho, e incluso creía notar que perdía fuelle —quizás fuera sólo el deseo de que eso ocurriera— mi tendencia al sentimiento trágico, herencia directa de Padre.

En vista de que me relajaba, insistí en hacer el ridículo y le pregunté si en realidad Siboney, con la complicidad de todo el pueblo, se estaba escondiendo básicamente de mí. Es vanidoso por tu parte sospechar algo así, contestó Gemma, de nuevo sonriendo. Y me di cuenta de que tenía toda la razón al decirme aquello y que seguramente mi ridículo era ya infinito.

Cuidado con caerte con la vanidad al mar, remató ella, y ése fue su modo de despedirse: parecía tener prisa; algún enamorado esperándola en el Marítim.

«Las olas fueron nuestro único testigo», recordé que había escrito el conde de Lautréamont. Las citas me ayudaban muchas veces a salir del paso. Eran todo lo que tenía en realidad.

Poco después, seguí mi marcha junto al mar, aunque ya valiéndome, de vez en cuando, de la linterna de mi móvil y algo inquieto por la falta de certezas con la que había ido tropezando continuamente aquel día. Porque, por poner un ejemplo: miraba un momento a las olas y luego dejaba de hacerlo, y cuando las perdía unos segundos de vista notaba que regresaba a mí esa especie de «cansancio de muerte», o fatiga de vivir en mi mente, y acababa temiendo que no pudiera llegar a completar nunca la frase sobre «el espacio infinito» que había dejado atrás en el caserón, suspendida en el aire de la tarde.

Toda mi vida de pronto parecía pender de un inesperado único hilo que al mismo tiempo era mi único claro objetivo: conseguir completar aquella frase.

De aquello en realidad dependía todo. Y ese todo, a su vez, dependía de que yo siguiera o no siguiera. ¿Paseando? No, buscando el resto de la frase.

Mejor de rodillas, parecían decir en aquel momento las olas, en realidad mi única compañía, mi único testigo, sobre todo desde que Gemma se había extraviado en la noche.

12

Aún hoy, perdido en la media luz de esta mañana, oigo las risas del pasado, risas de todos los estilos y, entre ellas, las carcajadas nerviosas que subrayaron el momento en el que un conferenciante, en una Roma tórrida perdida entre los recuerdos de mi juventud, alzó la voz para decirnos que los «agujeros negros» no estaban vacíos y desprendían energía de ausencia.

Una región finita del espacio, precisó Vignotti, el conferenciante, poco antes de contarnos que en el interior de aquella energía, de aquella materia oscura, existía una concentración de masa lo suficientemente elevada como para generar un campo gravitatorio tal que ninguna partícula material, ni siquiera la luz, podía escapar de ella.

Quien tomaba allí notas como un loco era Rainer, no he podido olvidarlo, como tampoco que, muy poco después de aquel nervioso estallido de risas, Vignotti llevó a buen término una pausa perfecta, más tensa y compleja que todas las que había llevado a cabo hasta entonces, y cerró con brusquedad su conferencia —sin que tuviera una relación clara esto con lo que había venido diciendo— recordándonos que quien ha amado y pierde a quien ama sabe exactamente la desazón constante de lo que ya no está, de lo que ya no es.

Algunas veces, al recordar, con la insufrible lucidez de la precisión absoluta, aquellas emocionadas palabras que cerraron la conferencia de Roma, acabo recordando la desazón que sentí ese atardecer en Cadaqués, esa tarde de octubre de hace unos años, cuando, habiendo ya caído la oscuridad sobre el pueblo y habiendo dejado muy atrás el alto muro negro, iba caminando junto al mar con mi móvil como linterna y, de pronto, empecé a intuir que algunas de las cosas que sucedían a mi alrededor sólo se explicaban si una persona tan allegada como Padre andaba cerca y trataba de hacerse notar apoyándose precisamente en lo que tenía él más a mano y que no era otra cosa que su propia y fantasmal energía de ausencia.

Caminaba y miraba yo con un inmenso placer al mar, a aquellas horas algo bravío, y luego dejaba de mirarlo para volver a observarlo después con más fuerza cuando de pronto pensé: Padre está ahí, todo lo indica. Decirme a mí mismo esto acabó llevándome a saludar al familiar espectro en un idioma que luego comprendí que, debido a que seguro que él había cambiado ya de lugar y de costumbres, era muy probable que no supiera traducir, y yo menos.

Cuando algo así sucede, no todo el mundo reacciona como yo aquella tarde, en la que lo primero que hice fue plantearme un problema de orden narrativo, preguntarme qué clase de lenguaje podría emplear Padre en el caso de que quisiera que yo, en un idioma razonable y adaptado por tanto a mis limitaciones terrenales, comprendiera que él estaba estancado todavía en una de esas mañanas que siguen a la muerte; estancado en la bruma del amanecer de uno de esos días que de algún modo también se dan en la Tierra y que nacen cargados de borrosas siluetas en el horizonte; nacen cargados de sombras que parecen invitarnos a descubrir a qué personas pertenecen: imprecisas figuras móviles, amables por resultarnos todas familiares, figuras del infinito, las figuras que nos acompañaron en la vida.

No tardé en ver que, de haber buscado comunicarme su situación por escrito, Padre habría emplea-do seguramente un lenguaje elusivo, de estirpe muy cercana a la poesía, sin llegar a serlo del todo; o sea, un lenguaje que en momento alguno habría él come-tido el error de tratar de controlar, y ya no digamos de remarcar, simplemente habría dejado que fluyera como la niebla de un lugar a medio camino entre el infierno y el cielo, entre la memoria y el pensamien-to, y que se deslizara con naturalidad por el universo inacabable, si es que era posible la naturalidad en te-rritorio tan desbordante.

A los segundos de haber pensado esto, percibí que, contrariamente a lo que creía, la energía de au-sencia no se había movido para nada, ni un milíme-tro, de donde estaba, y seguía allí. Y era ya como si yo, con cierta osadía, me hubiera implantado esa energía en mi propio brazo, en mí mismo.

No mucho después, pasando inesperadamente de la tragedia (que excluía a la comedia) a la comedia (que no excluía a la tragedia), muy raudamente, todo sea dicho, comencé a vivir una situación ciertamente cómica al mirar hacia lo alto, hacia arriba, hacia unas grises y veloces nubes y ver de repente que éstas me recordaban a... ¡unos mocasines blancos que había llevado en mi juventud!

No me pregunté cómo podía ser que hubiera degenerado tanto, en tan escaso espacio de tiempo, mi visión de unas nubes en un cielo encapotado, pero, de habérmelo preguntado, habría podido en ese momento ayudarme a comprender algo saber que aquellos mocasines iban a reaparecer en mi vida mucho antes incluso de lo que pudiera imaginar, antes incluso de que terminara el fin de semana.

Tal vez porque no podía aún saber esto, me dediqué a pensar ridículamente en el absurdo de las cosas de la vida, ese absurdo que permitía que aparecieran unos mocasines en ella, ignorando que, en ciertas mañanas por venir que escapaban en aquel momento a mi control, aquella aparición de los mocasines estaría cargada de pleno sentido.

Pero en lugar de como mínimo intuir que aquello podría acabar encajando muy bien con el relato de mi vida durante aquel fin de semana de octubre, me limité, con ridícula suficiencia, a decirme que si existía el prestigio propio, existía también el ridículo propio. Eso me dije, me limité a pensar, en ese momento allí a solas en Cadaqués con mi linterna de móvil perdiendo potencia, ya a dos minutos tan sólo de llegar a la playa de Es Llané Gran.

Lo que ahora veo o pienso, en cambio, en la media luz de esta mañana, es diferente. Y es que me digo, por ejemplo, que si aquellas nubes tan prosaicas me hubieran recordado a algo más poético —digamos que a un memorable verso de Luis Cernuda: «Adolescente fui en días idénticos a nubes»—, seguro que me habría olvidado de ellas, pero haberlas visto como unos ridículos mocasines me hizo caer en uno de esos muchos momentos de mi vida de los que más me acuerdo porque más me avergüenzo de ellos, por lo errado que anduve en ellos.

En todo caso, lo tremendo son las temporadas enteras de mi vida de las que me avergüenzo. Como aquella en la que, desquiciado por la degradación profesional a la que me sometía mi tirano hermano distante, me empeñaba en escapar de él y, en mi desesperación, les entregaba a las escritoras y escritores que encontraba por ahí la tarjeta en la que ofrecía mis servicios, supongo que buscando ampliar mi negocio y, sobre todo, alguna salida liberadora a mi complicada situación económica:

SIMON SCHNEIDER

PROVEEDOR DE CITAS LITERARIAS

Nadie me tomaba en serio y quizás yo debería haber puesto puntual remedio a esto, pero no supe hacerlo, aunque a veces lo intentaba y añadía a mano en la tarjeta inútil, a modo de broma privada: «Experto en la anticipación de frases y desde luego de traducciones: veterano traductor previo».

Pero tampoco esta leve nota de humor me facilitaba conseguir algún nuevo trabajo que estuviera bien remunerado. Y no encontraba consuelo ni siquiera diciéndome que al menos, a diferencia de otros literatos, yo mantenía la dignidad, pues no estaba tan claro que la mantuviera —aunque esto quedara sólo para mí— siendo el esclavo preferido de un autor distante.

El consuelo, al final, lo encontré el día en que me di cuenta de que, por mucho que no hubiera sido capaz de verlo hasta entonces, en realidad, más que una nota humorística, aquello de que era experto en la anticipación de frases era, en el fondo, una gran verdad. ¿O acaso no me *adelantaba* con mis selecciones de citas a todo aquello que luego, con el leve toque artístico de Bros, con su prestigioso *The Bros Touch*, aparecía en su obra?

Pero no tenía clientes porque nadie, salvo Rainer (y quizás Dorothy, tal vez Dorothy mucho más que Rainer), tenía noticia de mis destrezas. Y mi calvario pasaba por ver cómo algunos escritores y también editores, en lugar de ofrecerme traducir del inglés a Rainer Bros, me seguían encasillando como traductor del francés y del portugués, mirándome con recelo por mis baches anímicos, y limitándose a preguntarme si tenía pistas sobre el paradero de mi hermano en Nueva York y, en caso de tenerlas, si no pensaba transferirles la información. Y en ocasiones hasta llegó a parecerme que, al ver que me cerraba en banda —no podía hacer otra cosa, porque no tenía ni idea de dónde se ocultaba Rainer y, por supuesto, no pensaba disparar sobre mí mismo informándoles de que colaboraba con él—, insinuaban que iban a dejar de contratarme de «traductor previo» si no me decidía a indicarles dónde podían encontrarlo.

—Pero es que en cuanto a dar información sobre Gran Bros soy como el título de una novela de Juan Benet —les decía.

—¿Qué título, Simon?

—Una tumba.

Y es que no sólo no sabía dónde vivía su majestad el autor distante, sino ni tan siquiera si vivía, es decir, ni siquiera sabía si era realmente él quien me enviaba aquellos sucintos e-mails y compraba mi silencio con dos pobres pagas al año.

Por lógica, cabía esperar que fuera él y no un usurpador de su nombre quien me escribía, pues no tenía demasiado sentido lo contrario, pero tanto hermetismo, tanto laconismo, tanta precaución, tanta ausencia de fraternidad en los correos, y ya no digamos las dudas que me creaba todos los días del año su cada vez mayor habilidad al escribir, así como su no menor habilidad para entender las consignas que yo le enviaba medio cifradas con la esperanza —casi siempre cumplida— de lograr mejorar la estructura de sus libros, me sumían continuamente en sospechas de todo orden que siempre acababan en nada cuando, recuperando el sentido común, me recordaba a mí mismo que en mi juventud me había ganado buena fama de ser un desconfiado radical.

En una de las escasas entrevistas que había concedido Gran Bros, todas por escrito, le habían preguntado si le parecía bien hacer pasar por suyas frases que eran de otros. No les dijo, por supuesto, que me preguntaran a mí. Se limitó a recurrir a una cita de Wallace Stevens que naturalmente le había pasado yo: «Soy incapaz de citar algo que no sean mis propias palabras, quienquiera que las haya escrito».

Recordando todo esto, más allá del atardecer de aquel viernes de hace unos meses, riéndome en la oscuridad, riéndome a solas de la incapacidad de Rainer Bros de citar algo que no fueran —quienquiera que las hubiera escrito— mis propias palabras, riéndome de pronto, a lo largo de aquel serpenteante sendero de Cadaqués junto al mar, pisé por fin la playa de Es Llané Gran.

Aquel lugar, que durante el día parecía vivir en un eterno verano, lo percibí de pronto más oscuro y nebuloso de lo que cabía esperar de la hora, como cargado de sombras marcadamente sombrías y de ruidos que no acababa de identificar, y lleno, diría yo, de toda clase de desaparecidos, que quizás pertenecieran, pensé, a las almas de los que habían vuelto a Cadaqués después de haberse ido. Esto trajo a mi memoria un fragmento de Pound con el que tantas veces había tropezado en mi archivo: «Mira, ellos vuelven; ¡oh, mira los vacilantes / movimientos, los pies que se arrastran, / la dificultad en el andar y el paso / vacilante!».

Sólo la energía de ausencia de Padre —que parecía seguir protegiéndome como lo hacía en vida— mitigaba mi terror; sólo esa energía y unas siluetas confusas de aire para mí muy familiar y amable, que bailaban en el filo del horizonte y quizás pertenecían a mi infinito pasado, o a mi futuro. El mundo soy yo mismo, pensé. Y también todas esas figuras, añadí enseguida, como movido por una extraña superstición que no sabía de dónde venía, quizás de la lluvia que parecía que iba a reaparecer. Fue sólo entonces cuando caí en la cuenta de que me había olvidado el paraguas en un lugar —la penosa ferretería— al que no pensaba volver jamás en la vida.

13

Sigo en la media luz, sigo en los preámbulos de esta mañana que quizás llegue a ser luminosa. Cada uno la vive como quiere, y yo para describirla me quedaría siempre con unas palabras de Harry Mathews que me llegaron al alma: «¿Lo esencial? La alegría de estas primeras horas, el sol naciente, la casa, el balcón, la vista del activo puerto, los geranios, la música, el café, el trabajo, el quiebro al vacío y al tedio, el regreso diario al discurso propio y a la comprobación de que el camino verdaderamente misterioso siempre va hacia el exterior».

Ese camino con misterio es seguramente el mismo que me permite seguir adentrándome en esa noche de octubre en la que, habiéndome atascado en casa con una frase sobre «el espacio infinito» que, por sobredosis de fatiga mental, no acertaba a completar, vivía lleno de incertezas, aunque también de ideas variadas, algunas —sólo por el gusto de probar el sabor de lo patibulario y entretenerme con lo truculento— abiertamente malignas: volarme el cerebro, por ejemplo.

En un momento determinado me encontré, en efecto, en la playa de Es Llané Gran, junto al mar, con el sol ya totalmente detrás de las montañas de Cadaqués. Iba avanzando por aquellos parajes que yo percibía de corte romántico —porque de algunas ideas de juventud es difícil desprenderse— cuando sonó una llamada en el móvil y, dada la hora y el momento y las sombras que parecían cernirse sobre mí, me dio un susto de muerte, que pronto quedó paliado cuando descubrí que era un inesperado correo de Gran Bros donde me decía (como siempre tacaño en palabras): «Entonces, ¿le veré a usted el domingo en la parroquia del papa Eugenio?».

¡Me hablaba de usted! Y parecía más sereno, pero me hablaba de un papa que yo ni conocía. Pero qué alivio, pensé, que fuera un mensaje suyo, un mensaje de alguien vivo, aunque tampoco eso —que estuviera vivo—, pensé poco después, podía tenerlo yo muy claro.

De pie allí entre los pinos, sin ver casi nada que no fuera la luz del móvil, me apresuré a contestarle y, sin darme cuenta, lo hice como si fuera su empleado (lo que en realidad era):

«He tenido, y en parte tengo tantos embrollos, y tantos estorbos, y tantas historias y desapariciones de todos los géneros, que no me ha sido posible hasta ahora aclararle a usted este punto. Créame: había perdido la cabeza, aunque, por suerte, no me la he volado. ¡Perdóneme! Ahora estoy un poco mejor paseando entre los pinos de Cadaqués. Pero estaré el domingo ahí, en la parroquia del papa desconocido, del papa Salinger, descuide».

Respondí como un subordinado —un tanto atrevido, eso sí— y respondí entrando, además, en su juego de hablarme de usted. Pero no era cuestión de perder el tiempo arrepintiéndome de lo escrito, pues aquel e-mail de respuesta ya había sido enviado, y ya era inútil que intentara maquillar mi algo vergonzante actitud de acatamiento mezclada con unas gotas de insubordinación al burlarme del papa y de Salinger, o de Salinger y el papa, pareciéndome esto último más ajustado al caso de Rainer, para quien los dos parecían ser una misma persona.

La culpa de tanto sentido de la sumisión en mi e-mail me había venido quizás de la oscuridad, de la hora, del miedo que me había dado el sonido —un breve blues— de mi propio móvil. Y fuera por lo que fuera, me quedé allí esperando simplemente, de pie, en la oscuridad, confiando en que no tardaría el autor distante en responderme, quizás clausurando la cita en Barcelona. Pasaron muy lentos los minutos, hasta que me sentí idiota por no haber recordado que Gran Bros no tenía la costumbre de contestar. Cuando comprendí que podía esperar horas allí sin que me llegara su nuevo correo, decidí reemprender la marcha, y no tardé en descubrir que andaba bajo un nuevo y personal cielo encapotado y dirigiéndome a un lugar al que, a medida que iba acercándome, percibía familiar, aunque no acababa de localizarlo del todo.

No sé cuánto rato avancé en la penumbra hasta que vi que estaba en Amarante, al norte de Portugal, a cuatro pasos de la puerta de aquella casa de Teixeira de Pascoaes que en un día del pasado, en los buenos tiempos, había visitado con mi amigo Herminio Monteiro y algunos de sus amigos de Trás-os-Montes.

No me sorprendió estar allí y al mismo tiempo en Cadaqués, porque sabía que en ocasiones la memoria vive en tiempo presente en nosotros, como si quisiera decirnos que el pasado no sólo es fugaz, sino que nunca se mueve de sitio. Pero, aun sabiendo esto, me impresionó ver que, a pesar del tiempo transcurrido desde mi anterior visita, seguía en el jardín de la casa la cabina individual acristalada en la que las grandes noches de tempestad Teixeira de Pascoaes se instalaba para intentar escribir, con un mayor dramatismo, sus «poemas trágicos».

Pensé: ya nadie escribe hoy en día con una tempestad literalmente encima.

Y volví a preguntarme si aún quedarían muchas personas que anduvieran por ahí rezando y, como era habitual en Unamuno, rogándole a Dios que tuviera compasión de nosotros. Pero esta vez me lo pregunté de un modo distinto, como distanciado de lo que Padre consideraba la tragedia más alta y, de hecho, la única que, por su raíz cósmica, tenía verdadera envergadura: la desaparición de Dios.

—No hay una tragedia superior a ésta —aseguraba siempre Padre.

Yo le pedía que, por favor, leyera algún otro libro que no fuera *El viejo y el mar* —le había parecido éste un relato tan imposible de mejorar que no había jamás leído otro en su vida—, pero no había manera. Deseaba yo que Padre ensanchara su relación con Dios, pero él se sentía tan a gusto identificándose con aquel tan digno pescador cubano de la historia de Hemingway que siempre parecía estar sumergido en la atmósfera de dura resistencia a las adversidades que reflejaba aquella novela.

Evocar en aquel jardín portugués, junto a la cabina acristalada, aquellas ocasiones en las que Padre había proclamado que no había una tragedia superior a la desaparición de Dios me llevó a recordar uno de los momentos estelares de la historia de la humanidad, según tía Victoria: ese momento en el que uno de los personajes más inquietantes y el más enigmático de la «deconstrucción», el señor Paul de Man, agonizaba y daba en su propia casa —le habían dado un permiso especial para ello— su último seminario en Yale. Y reprendió a un pedantísimo alumno que pretendía saber más de «deconstrucción» que él (quedó registrado en todas las grabaciones de aquella reunión): «¡Cállese, cállese! ¿O acaso no sabe que sólo hay un interrogante: la existencia o inexistencia de Dios?».

«¡Qué largo rodeo para llegar hasta allí!», añadía tía Victoria siempre que comentaba aquella escena final de la vida del gran jefe de filas de la «deconstrucción».

Para ella, sólo si ese único gran interrogante resultara un día ser tan sólo una pobre cháchara sin sentido, entraríamos en una nueva era estética, que en cualquier caso se sentía incapaz ni tan sólo de imaginar. Tampoco yo era capaz de imaginarla, pero llevaba bastantes minutos de aquel día distanciándome, casi sin apenas apercibirme de ello, de aquella preocupación que había sido el centro de todas las inquietudes de Padre. Como si, a medida que me iba distanciando del día de su muerte, se hubiera comenzado a desvanecer también en mí —gracias, sobre todo, a la pérdida de mi temor a hacer el ridículo ante todo el mundo— aquella inquietud, aquel trágico sentimiento de la existencia que, en compañía del caserón, era todo lo que me había dejado como única herencia.

Un legado que me había marcado en parte porque, a lo largo de toda su vida, Padre había ejercido ante mí de sustituto de Dios, quizás en un intento enloquecido, por su lado, de suplir a quien estaba siendo suprimido (es decir, Dios), o en un simple intento de mantener la relación tradicional Padre-Hijo, ese tipo de conflicto que los tiempos modernos han suavizado, creando un tipo de padres no autoritarios, tolerantes con la estupidez natural de los hijos.

—A mí habrás de verme siempre arriba y tú debajo —llegó a decirme un día Padre en pleno Mayo del 68, hallándose él como siempre buscando atareado una calma profunda y encontrando al final de sus días un único orden en el que poder reposar tranquilo: sentirse el orgulloso mástil de su humilde bote de pesca.

Y, en efecto, fue siempre una relación vertical la que hubo entre Padre y yo, pues no sólo a todo el mundo que nos veía le parecía que lo era, sino que, además, en verdad lo era. Pretender cambiar aquello era absurdo y, además, nada atractivo: me había educado sin Dios, pero con Padre, y a mí la subordinación a él me parecía correcta y hasta fecunda desde el punto de vista literario, porque revolverme contra su aura me hacía sentirme muy activo.

Así me fue educando, y así llegué, con una total complicidad con cualquier ejercicio de subordinación —bastaba fijarse en la relación de encadenado que tenía con Rainer, herencia de mi relación con Padre—, a aquella noche de octubre de hace unos años en la que, con la ayuda de la linterna de mi móvil, moviéndome entre los pinos, entré en la cabina acristalada del jardín de Amarante, dispuesto a refugiarme de la lluvia que había empezado a caer, entré en la cabina dispuesto a escribir pensamientos en versos trágicos, pero sólo por ejercer una actividad de otro tiempo y ver qué se sentía al ejercerla cuando uno andaba ya en dirección contraria al sentido trágico de la vida que tenía Padre.

En dirección contraria, sin duda, pues era casi

una evidencia que iba a toda velocidad ya perdiendo fuelle mi visión tan dramática del mundo, y fundamentalmente la estaba perdiendo gracias a haber empezado a ser consciente —me lo había descubierto Siboney días antes— de que en realidad, a diferencia de Padre, se ocultaba en mí una increíble facilidad para el distanciamiento de las cosas de este mundo.

Voy a estarle agradecido a Siboney eternamente. Quizás porque aquí, en la mañana que nace, el distanciamiento es todo un grado.

Y también es perfección. Y más cuando el viejo caserón de Cap de Creus ha quedado tan atrás en el tiempo, y nunca estuvo el mundo tan en calma como en este preciso, en este exacto momento.

14

Después de una hora en la cabina, estaba ya dejando de llover, pero mientras unos árboles se calmaban, otros empezaban a aullar, y el estruendo rodaba de un lado a otro y yo, encerrado en la cabina acristalada, temía que «algo» se me apareciera, algo de rango anormal, porque notaba que mi propia monstruosidad, la que llevaba dentro de mí y a la que no solía enfrentarme nunca, estaba creciendo por momentos. Hasta que comprendí que la tragedia clásica, en su aspecto más fecundo —es decir, la que creaba grandes dramas sobre los que solía decirse que eran el motor del mundo—, quería recuperar posiciones y volver a apoderarse de mí. Me resistí como un loco.

Me serví de una cita de William Hazlitt para rebajar tensión y reírme, me reí mucho: «El mundo, tal como lo imaginamos, no es mucho más grande que una nuez».

Qué buena frase, pensé, para rebajar la adrenalina de la tragedia. Pero ésta hizo caso omiso de mi resistencia a ella y comenzó a recordarme que, aun cuando no fuera algo muy sabido, en cualquier momento una gota brillante en medio del azul sempiterno se enfriaría un día y se iría deslizando en la ciega tiniebla del nunca jamás y caería por un acantilado eterno, no como una bola de nieve, ni como una nube muerta, ni como un viejo caserón roto y perdido en un cabo de mar en lo alto de la Costa Brava, sino como una pura y simple nuez vacía; eso era, como una pura y simple cáscara, sin nada.

Y sólo me recuperé cuando me acordé de que, por mi propio bien, debía proseguir con mi aventura fuera de casa, en busca de la frase perdida.

Como reír no me había servido de nada, lloré. Y con aquel llanto logré ahuyentar lo trágico. Con ser esto curioso, más lo fue que, cuando dejé de llorar, dejó ya totalmente de llover. Como las gotas habían dejado de acariciar los cristales, decidí que iba a ser mejor que no prosiguiera con mi encierro. Salí de la cabina y caminé un rato por el asilvestrado jardín, hasta que me encontré de nuevo frente a la puerta de entrada de la vieja casa de Pascoaes, y allí me pregunté cómo pensaba volver a la mía.

Donde yo estaba, sólo había un camino, aunque tenía varios ramales. Me dije que sólo en aquel sendero podía estar mi camino de vuelta. «Óigame, Compay, no deje el camino por coger la vereda», recordé que decía la letra de una canción cubana que Siboney cantaba a veces y me di cuenta de que para regresar a Cap de Creus tenía que seguir al pie de la letra aquel consejo que con tanta anticipación me había dado ella.

De modo que, sin pensarlo más, me esmeré en no desviarme por ninguna vereda del camino que tenía ante mí. Y, provisto de la calma que suele llegar después de ciertas agitaciones de la naturaleza, fui marchando largo rato por allí, sin dejar nunca la vía central, mientras me acordaba de mi vida, de cuando conocí a la bella Rosa y de sus miradas tan ambiguas como complejas —se fundían en ellas la locura y la razón, la gravedad y la ligereza—, que ni todas las lenguas del mundo habrían podido traducir. Murió de aquel modo tan inaudito, a los dos años de habernos casado. El tiempo pasa con lentitud y facilidad, dijo ella de pronto una tarde en la que estábamos los dos en casa, aburridos. La frase me pareció algo intempestiva y le pedí que la repitiera, pero ella no pareció oírme y poco después comentó que todo era blanco en la blancura y que Tahití era una mano con guante. ¿Una mano con guante, Rosa? Segundos después, se desplomó.

¿Tuve yo algo que ver con aquel desvanecimiento fatal? Desde el primer día, Siboney me recordó a Rosa en algunos aspectos, lo que siempre me mantuvo alerta con lo que pudiera pasar con Siboney, pues no quería tentar de nuevo a la mala suerte, a la diosa de la Fatalidad. La tarde en que vi a Siboney un parecido más grande con Rosa fue el día en que vino a verme al caserón cinco días después del entierro de Padre con la idea, dijo, de recomendarme que dejara deprisa aquel lugar, porque amenazaba ruina inminente; todos en Cadaqués lo decían y la habían elegido a ella para que me diera el ultimátum.

Cuando me dio aquel último aviso, estábamos preparando un curry picante con verduras y arroz blanco. De pronto ella, tras el ultimátum en nombre del pueblo, me propuso, a bocajarro, que me fuera a vivir con ella y con su tía Marina.

—Es un buen lugar, es el mío —dijo Siboney.

Y yo no había sabido qué decirle, la frase era rara.

¿Era un buen lugar sólo porque era el suyo?

No se me escapaba que, si no cogía al vuelo su invitación, ella iba a ser capaz de decirme lo contrario en menos de unos segundos. Era ambigua y compleja como Rosa, y de decisiones volátiles, aunque, en el momento de tomarlas, siempre rápidas y tajantes.

Y el problema, aquel día, consistía básicamente en que yo estaba allí pero me sentía incapaz de decir nada: pensaba en aquello que ella me había dicho y luego lo volvía a pensar y después comenzaba de nuevo a pensar, a pensar en lo pensado, en lo largamente meditado, y otra vez me lo volvía a plantear y volvía a ver a su tía Marina, enfurruñada como el día en que por primera vez la había visto, y me echaba atrás. Hasta que mi tiempo se agotó. Entonces no sé cómo fue que dije:

—No tengo a nadie.

Aquello debió de sonar para Siboney como una bomba. También para mí sonó estridente. Pero ya estaba dicho. Siguió un largo silencio, durante el que sentí, con asombro, que quizás me había vaciado con aquella frase en realidad tan sencilla.

Hasta que Siboney me dijo que para la mayoría de la gente tanto rato sin decirse nada suponía un problema y que luego decir algo tan serio como lo que acababa de decir yo duplicaba el problema. O lo triplicaba, añadió. Y yo, por mi parte, sentí que, después de haber dicho que no tenía a nadie, sería mejor que no dijera ya nada más, porque hasta podía ser la única forma de no contradecirme tanto.

Y así fue como mi silencio precipitó una nueva intervención de Siboney, decisiva. Porque fue entonces cuando empezó a sorprenderme al decirme que, aunque no la practicara, yo tenía una oculta facilidad para el distanciamiento con las cosas del mundo, no había visto nunca a nadie con esa capacidad tan evidente y tan desaprovechada, posiblemente muy ignorada por mí. Porque daba igual, dijo, que fuera la caída de una hoja, o la caída de la noche, o la caída de un imperio, mi distanciamiento podía llegar a ser absoluto. Es más, dijo, parecía siempre capaz de poder cubrirme con ese distanciamiento cuando así lo creyera conveniente, como si se tratara de mi abrigo favorito.

¡Me sorprendió tanto que dijera aquello! Pero en los días que siguieron a su visita fui descubriendo, gracias a Siboney, que, en efecto, podía ser que hubiera dentro de mí, dormido, un potencial inmenso de distanciamiento, desde luego muy superior al que yo creía albergar y que pensaba que sólo se manifestaba ante los plomizos y siempre desnortados movimientos de los políticos en general.

Pero esa tarde en el caserón, la última vez que vi a Siboney, no capté con rapidez lo que me había dicho acerca del distanciamiento, no la entendí casi nada y apenas reaccioné. Ajeno por completo todavía a la influencia que en los siguientes días iban a tener en mí aquellas palabras, por un rato seguí peligrosamente callado, pensativo.

Pensativo al modo de Molloy, aquel personaje de Beckett al que tanto le extrañaba que su madre también se llamara Molloy: «Me llamo Molloy, dije. ¿Y es ése el apellido de su mamá?, dijo el comisario. ¿Cómo?, dije. Usted se llama Molloy, dijo el comisario. Quedé pensativo. Sí, dije, acabo de acordarme. ¿Y su mamá?, dijo el comisario [...]. Quedé pensativo».

—¿Qué significa eso de que no tienes a nadie? —acabó preguntando Siboney.

Eso me devolvió al mundo real, pero, aun así, seguí pensativo, puro Molloy. Muy pensativo, quizás porque no sabía cómo ampliar aquella verdad que le había confesado al decir que no tenía a nadie, aunque era verdad a medias, porque en realidad la tenía a ella.

A ella y a su tía Marina, pensaba yo, y eso prolongaba mi silencio y mis dudas, todas perjudiciales para mí, porque pensar en tía Marina sólo me provocaba ganas de ponerme a correr de Cap de Creus a Finisterre.

De pronto, Siboney dijo que se iba, dijo que bueno, que de acuerdo y que aquello era todo, que ya era suficiente, que ella también era huérfana, como yo bien sabía, y que tampoco tenía a nadie, sólo a su tía Marina que en el fondo era odiosa y le hacía la vida imposible. Y que bueno, que adiós, que se iba. De hecho, añadió, yo habría estado muy incómodo en su casa teniendo que convivir con su maldita tía. Dijo esto y se dio la vuelta y fue hacia la cada día más rudimentaria puerta de salida del caserón. Se oían sólo las olas chocando contra el acantilado. Y por decirle algo, a última hora, le pregunté si sabía cómo volver a casa. Y ella tuvo la delicadeza de reírse.

Evocando aquella frase final, iba yo caminando, aquella noche de octubre de hace unos años, por el sendero único encontrado en Amarante, de regreso al caserón de Cap de Creus. Había ido avanzando durante un buen rato en dirección a la nada, algo perdido siempre, hasta que finalmente había encontrado un atajo que parecía terminar donde acababa el mundo y, gracias a ese hallazgo, no mucho después, había entrado por fin en el camino de casa, lo que me había tranquilizado inmensamente.

La calma terminó cuando ya hacia el final mismo del sendero de Cap de Creus, a unos metros sólo del caserón, comencé a caminar más deprisa, como si temiera que en mi ausencia le hubiera pasado algo al archivo de citas. Y, al cruzarme con Nano Martorell, el anciano que visitaba a veces a Padre y le contaba, en sesiones interminables, los problemas que más agobiaban a la gente del pueblo, no me detuve, me limité a saludarle con una frialdad inhumana, con un distanciamiento tan potente que hasta yo mismo quedé sorprendido.

Al principio, pensé que había tratado de aquella forma a Martorell porque llevaba rato caminando y pensando en lo que me había dicho aquella tarde Siboney la última vez que la vi. Y luego pensé que había actuado de aquella forma no porque estuviera influido por Siboney, sino porque en el fondo temía pararme y que Martorell, que siempre me había parecido algo trastornado, me confundiera con Padre. Pero poco después descubrí que en realidad quien en verdad estaba distanciado del mundo era el propio Martorell, al que, después de todo, recordaba conectado con las cosas de la vida en su última visita al caserón paterno —era aficionado a las coblas y las sardanas— diciéndole a Padre con una sonrisa muy humana: «El mundo ardía en llamas y yo aprendía cómo tocar la tenora».

Descubrí su profundo distanciamiento cuando, al girarme para comprobar que Martorell había proseguido su camino en dirección al pueblo, vi con susto que él se encontraba a mi lado, como si no hubiera caminado nada; estaba boquiabierto, sin mover un músculo, ni dar siquiera señales de estar viendo que yo me había girado para ver qué había sido de él.

Me alejé de allí lo más rápido que me fue posible. Tenía demasiado presente que en esa misma zona de Cap de Creus, un día, a la hora de volver Padre y yo a casa, un rayo había provocado a los dos un deslumbramiento brutal que había hecho que todo a nuestro alrededor de repente se volviera irreconocible, lo que hasta nos había llevado a dudar de estar viviendo donde creíamos hacerlo.

—Esto sigue siendo Cap de Creus, pero también el fin del mundo —había acabado diciendo Padre, imagino que utilizando su casi inexistente sentido del humor para tranquilizarme (casi inexistente, sí; porque todos en la familia sabíamos que su limitadísimo sentido del humor era una humilde copia, un triste reflejo del esplendoroso sentido del humor de tía Victoria).

Así que, viendo a Martorell tan inmóvil en su expresión boquiabierta, me alejé por miedo a que el horror fuera a más, y ya no volví a girarme, no fuera que tuviera que volver a ver a Martorell en el fin del mundo convertido en mi Eurídice particular, una broma pésima.

No fue sino mucho después cuando, habiendo

ya reentrado en el caserón, oí en la radio que acababan de proclamar la República catalana. Y, segundos más tarde, escuché un crujido de la madera. Por momentos creí que todo iba a quedarse a oscuras y que la casa podía estar inclinándose algún centímetro más hacia el precipicio. Y volví a acordarme del caserón de Chaplin tambaleándose en el vacío.

Luego, con una facilidad que contrastó con el drama que había vivido horas antes cuando me había quedado atascado, completé de pronto, sin mediar el menor esfuerzo —todavía no salgo del asombro—, la frase de *Hamlet* que en las últimas horas había amenazado incluso la continuidad de mi escritura de copista y de recalcitrante recolector de frases. Y hasta empezó a parecerme mentira que no hubiera sabido completar la frase en su momento, porque en el fondo ésta era bien sencilla y cayó sobre mi mente como fruta madura: «Podría estar encerrado en una cáscara de una nuez y sentirme rey del espacio infinito».

Tenía todo el aspecto de ser la revelación que esperaba y, si no lo era, lo parecía. No era gran cosa como epifanía, pero recordé que no me convenía ser demasiado vanidoso y que, además, hacer el ridículo (aunque lo hiciera sólo ante mí mismo) solía relajarme.

15

Celebrando que iba a seguir en lugar de no seguir —que era como decir que de la dicotomía seguir o no seguir que planteaba la obra de Gran Bros, me inclinaba por lo primero—, no paré de dar vueltas en la cama la noche de aquel viernes en el que tuve que dar un largo paseo por el mundo hasta dar con la frase perdida.

Como con tanta celebración no conseguía dormirme, terminé por volver a la sala de estar, donde durante un buen rato me entretuve con el móvil, leyendo noticias antiguas al azar, viajando sin brújula por internet hasta que caí en la reseña que James Caven, hacía años, había hecho de la novela *We Live in the Mind*, de Bros. En ella, el crítico norteamericano se extendía en la importancia que tenían las aportaciones de lo que llamaba *arte citador*, contribuciones que consideraba esenciales para comprender el refinamiento con el que habían sido construidas las estructuras de las veloces novelas del —así llamaba él a Rainer— «enmascarado autor neoyorquino».

Y me acordé de que, de todos los que escribieron sobre Gran Bros, Caven fue posiblemente el más agudo de los críticos, el más intuitivo también. Aunque sin llegar a sospechar que Rainer tenía en mí y quizás también en Dorothy unos ayudantes muy eficaces, Caven fue capaz de insinuar que las bien elegidas citas de la novela eran el pilar de todo, esenciales en la obra: «Es más, en *We Live in the Mind* parece ocultarse la delirante pero atractiva idea de buscar el compendio de todas las frases, de todos los periodos sintácticos, de todas las citas que en este mundo caben: como si le resultara esencial a este autor (que posiblemente maneja un gran archivo de frases) relacionarlo todo en un tejido intertextual».

Para Caven, Rainer Bros ejercía además, a través de sus novelas, una gran labor crítica, pues «buscaba con inteligencia mostrar el peso inmenso de toda la charlatanería del mundo, todo el carácter escandaloso y banal, inmensamente elocuente en su imbecilidad general, de la infinita locuacidad de todos los tiempos».

No le extrañaría, decía también Caven, que Gran Bros hubiera soñado, por ejemplo, con cargar un día con todo su presumible archivo-enciclopedia de citas y exponerlo en el escaparate de algún comercio de su ciudad natal, o de Nueva York, exponerlo abierto de par en par, con orgullo, con todas sus fichas manuscritas a la vista, ejerciendo desde ese escaparate una tarea crítica, quién sabe si en la estela del mismísimo *Libro de los Pasajes*, de Walter Benjamin.

Y concluía Caven diciendo que en el interior de *We Live in the Mind* podía uno detectar la huella del mundo de maravillosas intuiciones de Georges Perec, que ya en 1965, no mucho después de publicar *Les choses*, había mostrado gran optimismo al decir que la literatura se encaminaba hacia un *arte de las citas*, un arte que forzosamente tendría que ser progresista, puesto que el artista citador tomaría en todo momento como punto de partida aquello que hubiera representado un logro, un interesante hallazgo, para nuestros predecesores.

Me acordaba de que Perec había hablado de «artistas citadores», pero no recordaba qué más había dicho, por lo que fui a Google y allí no tardé en ver que, en efecto, sin ir más lejos ya en su primer libro, en *Las cosas* (1965), había incluido frases enteras de Flaubert, de Antelme y de Nizan, entre otros. Y también que dos años después, en su inquietante *Un hombre que duerme*, había recurrido a más de una decena de autores, entre los que destacaban Kafka y Melville. «Vivía de las citas» llegó a decir Harry Mathews de Perec, que fue su mejor amigo. Y en cierta forma, si lo pensaba bien, yo también vivía de ellas. De modo que en realidad mi secreta enciclopedia-archivo, maniobrando en el centro mismo de la obra de Rainer Bros, no hacía más que dar continuidad a la tradición del *arte de las citas*, un arte del que el *hokusai* Perec había sido uno de los últimos impulsores, aunque la muerte prematura le impidiera desarrollarlo plenamente: una actividad necesaria, además, llena de sentido común, puesto que parecía estúpido tirar por la borda los grandes hallazgos del pasado, el amplio patrimonio de nuestras visiones repentinas, de nuestras clarividencias. Y aún más estúpido no saber apropiarse de todo aquello que más pudiera interesarnos del amplio repertorio que la historia de la literatura había puesto a nuestra disposición.

Perec, a fin de cuentas, había sido muy claro al respecto: «La introducción en lo que escribo de algo escrito por otro no ha de ser vista como un acto reflejo, sino *consciente*, como un firme paso para ir *más allá* de ese punto del que parto y que fue el punto de llegada de otro».

Más claro, el agua.

Excitado por esto, por la tradición del *arte de las citas* que de algún modo justificaba mi trabajo de tantos años, quedé esa noche de octubre más desvelado de lo que ya lo estaba cuando había estado dando vueltas en mi cama. Parecía imposible ya volver a ella y, no pudiendo evitar la curiosidad por lo que podía estar ocurriendo en aquel momento en Barcelona, encendí el televisor, aunque en realidad lo encendí muy a mi pesar, pues me había prometido no abrirlo durante una buena temporada, porque a Padre los informativos, no podía nunca olvidarlo, le habían amargado demasiado la vida en sus últimos meses.

Me fijé en algo que en realidad ya me conocía de memoria: de noche, por la propia energía de ausencia de Padre, aquella sala podía dar miedo a cualquier extraño, salvo a mí, que era el extraño que no se extrañaba de nada allí entre aquellas cuatro paredes con dos ventanas, una que daba al abismo, y la otra al horror que de forma tan certera y puntual reflejaba siempre la ventana del televisor.

—Demasiados, demasiados desconocidos —había estado Padre murmurando muchas veces allí ante lo que veía pasar por la pequeña pantalla.

Demasiados, sí. Acabé comprendiendo lo que quería decir con aquello. Y es que, acostumbrado en otro tiempo a «conocer a todo el mundo» —por *mundo* entendía básicamente su microcosmos de amistades y familia y compañeros de trabajo, socios del Campo de Tiro de Montjuïc, etcétera—, había pasado de pronto a ver desfilar a diario en los informativos de su televisor una sucesión interminable de desalmados y al mismo tiempo completos desconocidos para él: una humanidad que parecía pensada para poblar insalubres callejones al atardecer; una errante masa de egoístas, locos, grandes imbéciles, tarados imperdonables, usureros, gente normal, mafiosos normales, asesinos y demás hijoputas.

A la visión diaria de aquella horripilante humanidad había que unir su conciencia trágica de haber vivido noventa años sólo para acabar, como tantos otros, constatando la fragilidad de la existencia, la mezquindad que domina las relaciones humanas, las afrentas que hay que soportar en el mercado laboral, la soledad en la que en el fondo vivimos todos, la monotonía y el letargo en el que a la larga nos sume la costumbre de vivir. Con todo, lo que a Padre más le horrorizaba de aquella vida que reflejaba la ventana de su televisor era el concepto mismo de informativos, entendido como espejo de una supuesta actualidad; eso le tenía muy ocupado por las tardes y no paraba de hablar del tema conmigo, que le escuchaba con respeto y de vez en cuando le daba la razón en lo que decía, pues no encontraba nada de lo que disentir con respecto a lo que él exponía con lucidez acerca del desastre general del mundo contemporáneo.

De vez en cuando, diría que una vez al año, daban por casualidad en la televisión pública catalana alguna noticia sobre Rainer Bros —al que no acababan de considerar paisano suyo, aunque lo fuera— y sobre alguno de sus libros triunfadores en América, y aquellos momentos eran sublimes, porque Padre, tras escuchar el nombre de Bros y ver una vez más la única foto que parecían tener de su hijo menor, decía siempre, con una frialdad implacable: «¿Por qué se empeñan en mostrarnos al cometa cuando estaba más joven que ahora?».

¿El cometa?, nos preguntamos la primera vez que oímos aquello. Entonces supimos que, para Padre, Rainer Schneider Reus era como el cometa Halley, pero no explicó nunca por qué; sólo le decía a mi madre que no deseaba volver a verle pasar cerca del tejado de su casa ninguna otra vez. Ni preocuparte, no pasará, le decía yo. Pero era sólo para que se quedara tranquilo. Y recuerdo que se lo decía siempre temeroso de que acabara un día enterándose de que yo colaboraba con Rainer, y Cap de Creus se convirtiera entonces de verdad en el fin del mundo.

En la televisión esa noche no di con ningún informativo que diera noticias de la Barcelona republicana y, cansado de buscar, finalmente llegué a un canal donde justo habían empezado a emitir *Ni le ciel ni la terre*, film de guerra sobre el que no sabía nada, salvo que lo firmaba Clément Cogitore y hablaba de un regimiento francés de nuestros días, apostado en la frontera afgana. Mi primer impulso —nunca me gustaron las historias bélicas— fue pasar a otro canal, pero quedé de pronto hipnotizado por lo que iba viendo: se contaba una historia en la que no pasaba nada y en la que, en todo caso, si algo sucedía era que había en aquella frontera unos soldados que estaban a la espera de un más que improbable ataque de un enemigo invisible: una espera que, por un momento, sospeché que podía eternizarse más de lo que se eternizó Padre en la empresa telefónica para la que trabajó toda la vida.

Sin embargo, pronto vi que no era la clásica película sobre el síndrome del enemigo fantasmal que nunca aparece. Porque en realidad el film, con una sutilidad que fue lo que acabó llamando más mi atención, se dedicaba a narrar cómo, a pesar de la diligencia que desplegaban en la vigilancia Antarès Bonassieu y sus hombres, el control de aquella zona afgana se les iba escapando gradualmente: cada noche, sin dejar rastro y sin que hubiera alguna explicación razonable posible, desaparecían uno o dos soldados del regimiento. Y si bien Bonassieu se resistía a aceptar que no hubiere explicación alguna a aquello y sus sospechas recaían en los habitantes del poblado árabe situado frente al enclave francés, las inspecciones nocturnas —que se realizaban desde el regimiento con equipos de visión de rayos infrarrojos de tecnología punta— no aclaraban nada, más bien lo contrario: se iba viendo que el enigma no iba a poder ser descifrado por los avances digitales, ni por nada parecido, y más bien Bonassieu se hallaba ante un misterio tan antiguo como la existencia o, mejor dicho, como la ambigüedad de la existencia.

Tantas desapariciones me turbaron, y me dije que si casualmente aquella noche lograba pegar ojo en algún momento, quizás cayera en una buena pesadilla. Y en ella caí. Me dormí pensando en personas que después de desaparecer de la tierra quedaban encerradas en cáscaras de nueces en las que se sentían dueñas de espacios infinitos, y a la mañana siguiente me noté nervioso, como si hubiera estado en realidad soñando múltiples desapariciones de seres queridos en cáscaras de los más variados volúmenes.

Mientras desayunaba, encendí la radio y no entendía de ningún modo qué podía estar ocurriendo: seguía todo muy apagado en Barcelona en cuanto a fiestas republicanas, porque no había alegría en las calles, ni acababa de celebrarse la llegada del nuevo Estado catalán, ni nada de nada. Empecé a preguntarme si no sería que la noche anterior los separatistas habían declarado la independencia y al mismo tiempo no la habían acabado de declarar. Y pronto vi que quizás no iba tan desencaminado. Poco a poco, a lo largo de aquella misma mañana, se empezó a comprobar que la proclamación de la República había sido una simulación, algo con estructura de ficción, si acaso «un relato» —como lo llamaban los mismos políticos que lo habían inventado—, urdido por unos cargos públicos que buscaban primordialmente mantener la base de un electorado que les fuera fiel por mucho tiempo. Como parecía que se había repetido la proclamación en 1934 del Estado catalán —esta vez sin el dramatismo que comporta la pérdida de vidas—, era casi imposible no pensar en el famoso prólogo de *El dieciocho Brumario de Luis Bonaparte*, tan citado siempre y tan saturado de sentido: «Los hechos se repiten en la Historia, la primera vez como tragedia y la segunda como farsa».

Apagué la radio, y pronto recuperé la energía que yo prefería creer que me llegaba del rumor de las olas contra el acantilado. Y, mientras me preguntaba qué clase de transporte elegiría en el caso de que decidiera al final viajar a Barcelona, me acordé de la antología de cuentos irlandeses que había empezado a leer una semana antes y de la que casi ya me había desentendido. Y, buscando cambiar de locura y de paisajes, decidí retomar la lectura en el punto en el que la había dejado, justo en el comienzo de *La erosión*, un relato de Colm Tóibín.

Empecé leyendo de pie en la cocina aquel sexto cuento de la antología, adentrándome en él con una no excesiva atención, hasta que tuve que leer dos veces una misma frase, porque me resultó difícil no identificarme con el personaje que en una casa en ruinas, «al borde de un precipicio de arcilla blanca, en un inestable hogar que se balanceaba cuando la marea estaba alta», parecía tener problemas.

Si no era yo, ¿quién podía ser aquel hombre?

16

Aquel personaje de *La erosión*, aquel hombre de la casa en ruinas, era alguien que miraba las gafas y la cajita gastada de metal donde su padre las guardaba y que daba por hecho que, a la muerte de éste, habían tenido irremediablemente «el mismo destino que el resto de sus cosas». Y como los últimos días los había yo pasado examinando objetos y papeles que habían pertenecido a Padre —una cajita de metal y unas gafas, entre ellos—, empezó a parecerme que algún hilo extraño unía la vida del personaje de *La erosión* y la mía.

«Alguien encontrará mis gafas de leer, también, cuando yo muera, o cuando ya no necesite leer», decía el narrador. Y la frase hizo que me sintiera aún más involucrado en la historia y que recordara que, el día anterior por la mañana, entre los papeles del escritorio paterno, había encontrado el «salvoconducto» que, por razones que se me escapaban, Padre había guardado hasta el final de sus días.

El documento de 1940 llevaba una minúscula foto de cuando él tenía dieciocho años, una imagen que nunca había visto, tal vez porque, al ir grapada al documento, Padre no se había decidido nunca a trasladarla al álbum familiar.

«A favor del solicitante para que sin impedimento alguno marche por Cataluña, excepto fronteras», se leía literalmente en lo alto del legajo, calificado de salvoconducto por el «Gobierno Civil». Aquel permiso militar estaba redactado con un lenguaje castrense perdido en la noche de los tiempos. Y sin duda llamaba la atención aquel «excepto fronteras» del papel heredado, de aquella herencia enigmática, puesto que pertenecía a un episodio desconocido de la vida de Padre, un episodio que me pareció que hablaba de la gran dificultad de legar y de narrar y, por lo tanto, de llegar a conocer cualquier verdad.

Porque Padre, que aparentaba ser muy extrovertido con la familia y se había dedicado a contárnoslo todo sobre su vida, jamás nos había hablado de aquel «salvoconducto» que, acabada la guerra, le había permitido moverse por Cataluña, a condición de que no pisara frontera alguna. Debió de ser importante para él y quizás lo guardó siempre como un documento secreto, por alguna razón muy íntima que se me escapaba. Una razón que podía estar ligada a su relación extraña con el verbo *viajar*. Porque desde siempre había él visto con extraña extrañeza los viajes al extranjero, los suyos, los de sus hijos, los de todo el mundo. Era como si viviera todavía en un territorio que se llamara Excepto Fronteras. Cuando Rainer y yo éramos jóvenes, y contando siempre con el apoyo de nuestra madre, se obstinaba, de un modo que rozaba el absurdo, en mostrarse contrario a cualquier tipo de viaje al extranjero, tanto de Rainer como mío, salvo si era a París, el único lugar del mundo —otro misterio— al que consideraba razonable viajar.

Es probable que todo eso influyera en Rainer que, en cuanto rompió definitivamente con Padre, se marchó a vivir lo más lejos que pudo de Cataluña, siempre me gustó pensar que bajo los efectos de aquella frase de Raymond Chandler que cerraba *Adiós, muñeca* y que le pasé yo una tarde pidiéndole que reparara en lo rara que era y que él enseguida reconoció como una frase de extrema belleza, hasta el punto de que años después la incluyó como final de *A New Future is Good Business*: «Era un día frío y muy claro. Se podía ver muy lejos... pero no tan lejos como había ido Velma».

Pero tal vez lo esencial del descubrimiento de aquel «salvoconducto» era que provocaba que emergiera el drama de fondo: habiéndome acostumbrado a preguntarle todo a Padre, ya jamás podría preguntarle por ese episodio que de pronto había despertado mi curiosidad.

«Sabía que la casa no iba a aguantar mucho y que, si no me iba, alguien vendría y me forzaría a dejarla, alguien de la compañía de electricidad, o del Consejo del Condado», podía leerse en el cuento tan irlandés de Tóibín, y era inevitable constatar que yo precisamente estaba en una situación parecida: no iban a tardar los del ayuntamiento en visitarme para recomendarme que dejara la casa.

Pronto tendría que irme, y aún no sabía qué haría del archivo, que era como una prolongación de mi cuerpo, una extensión que, con esa gran densidad que provocaba la acumulación de palabras de otros, era a veces, cuando en momentos de desánimo la miraba con mal ojo, como una metáfora de aquella sucesión interminable de personas desconocidas —de aquella densa humanidad que parecía pensada para poblar callejones al atardecer— que Padre veía desfilar, horrorizado, todos los días por la pantalla de su televisor.

Y si él pareció siempre aspirar a contarnos en familia la totalidad de su vida —aunque alguna cosa se había quedado para él—, yo ambicionaba algo parecido, aunque un tanto distinto: deseaba que mi biografía de traductor marginal desahuciado la explicara por completo aquel archivo que retrataba el tipo de cultura con la que me había tocado bregar. En cualquier caso, pensaba a veces, iba a ser bien complicado lograr conservar físicamente aquel archivo y urgía que me decidiera a digitalizarlo, algo que no sabía si sabría llevar a cabo.

Pero encontrarle sitio a aquel conglomerado de fichas acumuladas a lo largo del tiempo no era mi único problema. En realidad, era un problema todo. «Es una pena que estés tan cerca del acantilado», decía alguien en el cuento de Tóibín, y parecía que, a cada minuto que pasaba, los personajes de Tóibín quisieran cada vez más dialogar conmigo, o quizás simplemente sustituirme.

«Había pensado en lo que haría cuando se cortara la luz por segunda vez. Había comprado velas en la ferretería del pueblo», decía el narrador, y la presencia de la palabra *ferretería* me hizo sonreír, pero también me asustó: aquel relato se parecía cada vez más a mi vida.

«La noche era tranquila. Oí un golpe en la puerta

y después un silencio; otro golpe, y entonces se oyó la voz de una mujer. Tan pronto como dijo mi nombre reconocí la voz de Bridie Dempsey.»

Aquella visita de la señorita Dempsey, o, mejor dicho, la lectura de aquella visita que narraba el relato de Tóibín, acabó recordándome a la última que me había hecho Siboney, cuando había ido a verme al caserón para decirme aquello tan sorprendente de que, aunque no lo pareciera, yo guardaba en mí, quizás sin haberlo sabido hasta entonces, una gran facilidad para con frialdad distanciarme de lo trágico y, de paso, de la imponente influencia de los problemas de mi padre con el asunto de la existencia o no existencia de Dios.

«—Me imagino —contesté—. Supongo que es natural.

»—Quizás vuelvas con los tuyos —dijo ella.

»—No tengo a nadie —le dije.

»—¿No tenías primos cerca de Kiltealy?

»—Hace ya tiempo que murieron, Bridie.»

Al leer este diálogo del cuento de Tóibín, observé, ya sin excesiva sorpresa, el parecido de esa escena con la despedida de Siboney aquella última vez en que la había visto y en la que me había intentado liberar de los excesos trágicos a los que parecía abocarme la herencia de Padre.

No supe o no pude atajar la sospecha de que lo vivido con Siboney en aquella ocasión parecía haber sido previamente escrito por Tóibín, sin saberlo Tóibín por supuesto, y me quedé pensando en la cantidad de escritores que escriben escenas de las vidas de personas reales, sin que éstas lleguen nunca a tener noticia de ello, y los escritores aún menos.

Y bueno, tampoco me fue posible atajar la sospecha de que quizás incluso aquel diálogo de despedida estaba también pensado para que alguien, tiempo después, lo reescribiera, Bros mismo, sin ir más lejos, en el caso de que un día, por cualquier azar, tuviera que contar en alguna parte un fragmento de mi vida, un fragmento de la vida de su «querido asesor» o subalterno:

«Ella se dio la vuelta y susurró buenas noches, y entonces se detuvo, como si quisiera añadir algo más, aunque luego pareció cambiar de opinión, así que volvió a darme las buenas noches, con la voz más baja. Me quedé allí hasta que su figura desapareció en la curva del camino».

En lo que atañe a mi vida, no a la historia de Tóibín, Siboney no desapareció en ninguna curva del camino, sino que se fue convirtiendo en una futura figura del infinito, en una de aquellas ambiguas y borrosas sombras amigas que pintaba Claude Monet en la última etapa de su obra cuando, ya casi ciego, se dejaba *iluminar* por la luz limpia que en Giverny incidía en el agua de su estanque y en todo lo que le rodeaba.

17

Al dejar atrás Cadaqués, empecé a tener la obsesiva y sofocante sensación de haber entrado en un espacio cerrado, a pesar de lo abierta y ventilada que era la amplia zona por la que se deslizaba el Ford Ka rojo del pintor Vergés.

No me gusta la gente que se esconde, me dijo de pronto, y no sabía de qué me hablaba cuando ya habíamos agotado el agotador tema del fútbol. Lo que menos podía imaginar era que, al hablarme de gente que se escondía, me estuviera hablando de Rainer. Quería saber, dijo, en qué clase de maldito agujero yanqui se había agazapado, porque le parecía increíble que se hubiera ocultado no en el último rincón del Amazonas, o en un oscuro poblado del norte de la China, sino en los Estados Unidos de América y para mayor escándalo en el centro mismo del Imperio. Yo no tenía mucho interés en defender a Rainer, pero me pareció excesivo lo que decía Vergés, en especial, lo del centro mismo del Imperio, que, aunque sonara a verdadera, era en realidad una intuición grotesca.

—De los hombres ocultos —continuó Vergés— sólo me gustan los que se escondieron durante años en armarios o desvanes en sus propias casas después de la guerra civil. Tenían un motivo, que era evitar que los fusilaran. Ésos sí eran unos tipos con los cojones bien puestos. Pero a todos esos que se esconden para jugar a ser invisibles los encuentro infantiles. El que se oculta, lo sabemos quienes pintamos, termina por no salir en el cuadro, por no salir ni en su foto de primera comunión.

No sabía si darle la razón o llevarle la contraria y arriesgarme —con lo que me había costado convencerle de que me dejara ir con él a Barcelona— a que se enojara y me obligara a bajar del coche en cualquier curva del enrevesado camino que aísla Cadaqués del mundo. Hay seres ocultos que salen bien en los cuadros, estuve a punto de decirle. Pero finalmente opté por algo menos conflictivo. Yo de niño, le dije, no me escondía ni jugando al escondite. Me miró un tanto altivo y me preguntó si estaba seguro de no tener la dirección de Rainer. ¿Para qué la quería? Quiero pintarlo, dijo. ¿Y por qué, si estaba escondido? Para acabar con sus pamplinas, dijo.

Siguió un silencio mientras me preguntaba de qué pamplinas me hablaba. Y cuando quiso saber dónde creía yo que tenía que buscarlo si viajaba a Nueva York, le dije —como si me pareciera de lo más normal su pregunta— que empezaría por buscarlo en las oficinas de Sonny Mehta, porque, a mi parecer, era un buen sitio para iniciar aquella búsqueda, que seguramente no iba a llevarle a ninguna parte. Como cabía esperar, me preguntó quién era Sonny Mehta. Se trataba de un editor, dije, que parecía haber visto a mi hermano en los últimos veinte años, porque aseguraba haber reunido en su casa a Pynchon y a Gran Bros, a los dos juntos, decía que los había tenido conversando más de una hora, animadamente, hablando de locos, de conspiradores, de escritores invisibles y de extraterrestres.

—¿De extraterrestres? —dijo entusiasmado de repente.

Pero no tardó en sumirse en un nuevo silencio durante el cual le imaginé especulando con la inminente aparición de extraterrestres en aquella endiablada carretera de inacabables curvas. Su silencio me permitió recordar una historia que había medio olvidado y que estaba ligada al misterio de Pynchon, aquel escritor oculto al que se suponía nacido en Long Island a finales de los años treinta y del que sólo se habían visto unas cuantas fotos suyas de estudiante y recluta en la marina.

Me lancé a recordar una historia relacionada con Peter Messent, profesor de literatura norteamericana en la Universidad de Nottingham. Hizo su tesis sobre Pynchon y, como cabía esperar, se obsesionó por conocer al escritor que tanto había estudiado. Tras no pocos contratiempos, consiguió una breve entrevista en Nueva York con el autor de *La subasta del lote 49*, es decir, con Pynchon, y estuvo hablando con él a lo largo de un par de horas que él siempre recordó como muy intensas. Pasaron después los años, y cuando Messent se había convertido ya en el prestigioso profesor Messent, fue invitado en Los Ángeles a una reunión de amigos entre los que estaba el propio Pynchon. Para su gran sorpresa, el Pynchon de Los Ángeles no era en absoluto la misma persona con la que él se había entrevistado años antes en Nueva York, pero, al igual que aquél, conocía perfectamente incluso los detalles más insignificantes de su obra. Fue raro. Y, al terminar la reunión, Messent se atrevió a exponer su problema o dilema ante la existencia de dos Pynchon. Y Pynchon, o quien fuera que estaba ante él, sin turbarse lo más mínimo, dijo: «Entonces usted tendrá que decidir cuál es el verdadero».

Cuando Vergés me preguntó en qué pensaba, estuve tentado de contarle esa historia de Messent y de paso contarle la de Salman Rushdie, que, cuando era un principiante, había sucumbido de tal modo al hechizo de los libros del autor de *La subasta del lote 49* que había escrito un borrador entero de una novela que había acabado siendo un horrible pastiche de su admirado escritor, por lo que nunca lo juzgó publicable. Sin embargo, según había contado Rushdie en una entrevista, cuando ya se había sacudido la influencia de Pynchon, había tenido el privilegio de conocerle en una cena en el apartamento de Sonny Mehta, en Manhattan, y le había parecido un tipo muy *pynchoniano*, en el mejor sentido de la palabra; Rushdie pensó, al término de aquella cena, que era magnífico que se hubieran hecho amigos porque quizás volvieran a verse de vez en cuando... Pero nunca volvió a saber nada de él, jamás le volvió a llamar, no hubo ni una señal de humo por parte de Pynchon.

Si uno enlazaba esas dos historias, la de Messent y la de Rushdie, podía llegar a darse cuenta de que tal vez un cerebro gris en Manhattan maniobraba para que el número uno mundial de los autores ocultos apareciera en los más diferentes sitios y ocasiones, siempre con caras distintas. De hecho, quienes le veían no le ocultaban a nadie que le hubieran visto, pero por las descripciones que hacían del personaje se notaba enseguida que habían vuelto a ver a un Pynchon que nada tenía que ver con los otros que habían sido ya vistos, lo que, ya casi de buen principio, llevó a casi todo el mundo a sospechar que había muchos voluntarios por ahí dispuestos a hacerse pasar por aquel autor invisible y cortar así de cuajo cualquier posibilidad de que llegara a existir algún tipo de certeza acerca de quién era el verdadero Pynchon.

Al final no le conté nada de todo esto a Vergés y me sentí bien por no haberlo hecho. Después de todo, no me parecía probable que supiera quién era Pynchon y habría tenido que explicar muchas más cosas para que entendiera algo. Contento de haberme ahorrado aquel esfuerzo, bajé la ventanilla del coche buscando el aire fresco y me llegó una bocanada de aire caliente con la que no contaba, parecía que viajáramos hacia un volcán. Eso —quizás por la sorpresa— hizo que se detuviera en seco mi mente durante unos brevísimos instantes, y ante mi asombro vi que, casi simultáneamente, el coche también frenaba de golpe.

¿Qué clase de sincronización era aquélla? No era normal, pero ocurrió, y preferí no extrañarme de nada. Por puro instinto, miré hacia atrás por si llevábamos pegado a nuestra rueda algún vehículo que hubiera estado a punto de chocar con nosotros, pero no había automóvil ni moto alguna, no había nada más a la vista circulando por allí, y fue en ese momento cuando tuve la impresión de que había empezado a dejar atrás realmente Cadaqués, y también atrás a los desaparecidos, a los grandes huidos de mi vida íntima. Mi querida madre, la añorada Rosa, Siboney, Padre... Y en un segundo término, a todos aquellos que habían dejado Cadaqués de la noche a la mañana y habían vuelto después al pueblo, aunque sólo fuera para cumplir con aquella ley no escrita que decía que inexorablemente, tarde o temprano, aunque vacilantes (como diría Pound), los desaparecidos de Cadaqués regresaban...

Miré hacia su majestad el conductor Vergés y me pareció verle enfurruñado consigo mismo por haber frenado a deshora y tan peligrosamente. Y me alarmó ver que me miraba a mí como si yo fuera el culpable de que le hubiera pasado aquello. Le pregunté si no pensaba arrancar de nuevo, y me miró como insinuándome que no le exigiera tanto, pues podía dejarme en cualquier cuneta del camino. Le entendí enseguida, porque no ignoraba que Vergés era capaz de todo. De él se contaban las más variadas historias en Cadaqués, empezando por la de sus relaciones con Melina Mercouri. Era pintor de paredes y a la vez de marinas, una dualidad no muy frecuente. Se decía que era un genio con las paredes y más bien un patán como creador artístico. Su pintura de paredes se la disputaba todo el mundo (en Cadaqués), y no había tenido nunca problemas de trabajo, pero asunto distinto era el de sus horrendas marinas, que no había quien las quisiera, aunque bien que había sabido venderlas a despistadas turistas y a varias de sus amantes. Aun así, aun siendo famosa su torpeza artística, Dalí le había elogiado en más de una ocasión como artista *pompier* y también como donjuán, y hasta había llegado a llamarle «el héroe de las mujeres».

Seguía Vergés muy cargado de trabajo, pero, según dijo, ya no iba a pintar más paredes en esta vida, y ésa había sido la causa principal de que hubiera estado los dos últimos meses preparando su viaje de despedida de amigas y amigos desperdigados por España. Y si se daba el caso de que no mo-ría en aquel viaje —aquí me pareció que se reía de mí porque su equipaje era muy ligero para pensar que había dejado Cadaqués para siempre—, volver al pueblo y entrar en el Marítim para mirar el mar y recordar, en un brevísimo y único instante —como si hubiera muerto y viera pasar de golpe toda su vida—, lo que para él había sido Cadaqués, espe-cialmente la época de los años sesenta, con sus «ar-tistas increíbles» de aquellos días. Quise saber por qué no había sido nunca un «moderno» como aque-llos veraneantes, aquella «élite de la vanguardia mundial» (así los había definido) que tanto admira-ba. Pues porque lo anticuado, dijo, siempre fue an-tes rupturista. Y me pareció que sabía más de la vida de lo que a primera vista parecía.

Fumaba mientras conducía y se fue animando cada vez más al hablar de la gran época de Cada-qués. Un esplendor único, decía, irrecuperable, nada que ver con «los famosos de la televisión cata-lana» que vienen ahora con su garrafita de vino y sus babuchas... De todos los excepcionales visitan-tes de aquellos años dorados tenía algo que contar. Y bien que lo contó. Fue entretenido oír sus historias. Había pintado las casas de muchos de los famosos, y sólo le había faltado llevar al altar a la totalidad de las mujeres de aquella tribu urbana. Entre las casas pintadas estaba la de mi tía Victoria que, cuando iba a Cadaqués con toda su prole, siempre le llamaba para examinar sus nuevas pinturas de marinas y nunca le compraba ninguna. Vergés parecía cada vez más de buen humor. No sé si sigue siéndolo, me dijo, pero tu tía siempre me pareció un genio secreto, recuerdo que la veía cada año cada vez con más hijos, aparentemente una buenaza y una portentosa ama de casa, pero en realidad era un talento como Einstein. O como Dalí, le dije para divertirme un poco. No me la imagino pintando animales incompletos como Dalí, respondió él. Y yo reí aquella frase que no me pareció que tuviera mucho sentido y que pensé en trasladar a mi archivo en cuanto regresara al caserón, que esperaba que fuera pronto.

Un día, siguió diciendo Vergés, le pregunté a Victoria cuántos hijos tenía y si los cuidaba a todos por igual y me dejó muy preocupado porque me dijo que no llevaba la cuenta del número exacto porque tenía que ocuparse también de otro tipo de seres que eran, a su manera, también de la familia, aunque no se les veía mucho, porque llevaban «existencias mínimas».

Le expliqué que tía Victoria hablaba a veces en sus libros de existencias evanescentes, espectrales.

De hecho, era especialista en el tema, discípula de Étienne Souriau.

—¿De quién?

—De monsieur Souriau.

El concepto que manejaba, de acuerdo con Souriau, le expliqué, era el de «existencias menores». Estudiaba la vida de cierto tipo de seres con los que todos en algún momento hemos coincidido: seres que viven a la manera de un halo, de una brisa, o a la manera de una de esas nieblas que de pronto empiezan a cernirse sobre nosotros y hasta llegamos a percibir que nos rozan.

—¿Extraterrestres? —preguntó de nuevo, entusiasmado.

18

Cuando se olvidó de los marcianos y volvió a hablarme de seres terrestres, lo hizo de sus mejores amigos, todos —recalcó con orgullo— nacidos en Cadaqués. Citó una gran cantidad de nombres, Ferragut entre ellos. A algunos, le dije, los conocía y a otros —la gran mayoría— nada. Es lógico que no los conozcas a todos, viviendo como vives ahí aislado junto al viento, dijo. Me reí. No te rías tanto, dijo, los dos hermanos salisteis con tendencia a vivir aislados, tú más que él, aunque has tenido la elegancia, al menos, de no desaparecer, por eso me caes mejor.

A mí Vergés, hablando de aquel modo de mi hermano —después de todo, Rainer era mi hermano—, no me caía precisamente muy bien. Le miré con un exceso de atención, y lo hice de forma muy deliberada, buscando confirmar que en realidad él, a pesar de su envergadura física, era lo más parecido que había en el mundo a un pequeño, tonto, desamparado suspiro. Lo confirmé. Es más, visto de perfil, era como un gorrión no acabado de hacer, como uno de esos animales incompletos que, según él, pintaba Dalí.

Tu hermano, cuando era joven, insistió Vergés —como si leyera mi mente y replicara lo que estaba pensando de él—, era muy bruto y cargante y dio mucho el coñazo a todo Cadaqués, nadie le podía soportar, decía ser hippie, pero la cocaína, tanto como sus exhibiciones de mediocridad y marihuana, acabaron con la paciencia de muchos.

Nada más decirme esto, empezó a crecer en mí la sofocante sensación de que apenas avanzábamos con el coche y que si nos movíamos lo hacíamos en un espacio cada vez más privado de aire, cada vez más cerrado. No me atrevía a preguntarle si no estaba notando una tendencia a la inmovilidad en nuestro vehículo porque sabía que aquella sospecha era indemostrable, porque, a fin de cuentas, algo sí nos movíamos; no mucho, pero íbamos hacia delante, aunque como si los dos no fuéramos más que puras «existencias menores», con la cabeza en general siempre encorvada, abriéndonos paso a duras penas por la carretera del infierno.

Así que no dije nada, porque mis palabras me habrían condenado a retrasar aún más mi llegada a Barcelona. Aun así, no pude evitar que me viera como un chiflado. Porque, por ejemplo, debido a que no podía quitarme de la cabeza la sensación de que no íbamos a salir nunca de aquella angosta carretera de curvas, y ya sólo por curiosidad y por ver cómo reaccionaba aquel inesperado lento conductor que era Vergés, pero también para tranquilizarme si, como esperaba, él rebatía mi impresión de no avanzar mucho, le pregunté, medio balbuceando, si no tenía la impresión de que estábamos muertos.

Temí que frenara de nuevo su coche en seco y luego, no sé por qué, pensé que me iba a dar la razón en todo lo que le había dicho, pero no fue así. No empecemos, se limitó a decir. No sabía a qué se refería, pero le comenté que precisamente tenía la impresión de no haber empezado. No haber empezado a qué, preguntó. A viajar, dije. No, no empecemos, insistió. Pero es que hace rato que nos movemos por un mundo en el que nada parece haber empezado, dije. Te rogaría, dijo, que no fueras tan subjetivo. Pero es que hace sólo un momento, cuando hemos quedado bloqueados en la curva veintidós, dije, he visto un conejo que salía de su madriguera y, cinco minutos después, éste seguía con la cola bajo tierra.

Yo era muy sincero porque era en verdad lo que me había parecido ver. Pero siguió un silencio muy severo. Pero es que da la casualidad, dijo, de que en esa curva de la que hablas no he visto conejos. Quizás no había nada que hacer con la mortal lentitud de mi conductor, así que decidí volver al silencio y justo en ese momento sonó el móvil —sonó casi escandaloso el blues dentro del coche— para avisarme de que acababa de llegarme un nuevo correo. Era Rainer Bros, deseando de nuevo confirmar que estaría yo en «la parroquia del santo papa Eugenio» al día siguiente y que sería puntual.

Si bien él había sido muy parco durante veinte años, su insistencia de repente en preguntarme por correo dos veces lo mismo no dejó de inquietarme. Aquélla era mi oportunidad, pensé. Había contestado muy servilmente al anterior e-mail de Gran Bros, y con su nuevo correo me llegaba la posibilidad de no aparecer tan convencido de mi papel de humilde subalterno. De modo que, sin pensarlo más, acabé escribiéndole esto: «Preferiría que mañana, al verme, se dejara usted de cumplidos y me saludara y me aumentara de inmediato el sueldo, es decir, reforzara la financiación de Van Gogh, que buena falta me hace».

Fue bien curioso pero, justo en el momento de atreverme a responderle de esa forma a Bros, comencé a contemplar con desapego todo aquello que podía registrar mi vista, empezando por aquella carretera en la que cada vez confirmaba más que el mundo que habitamos está apenas sólo comenzando a ser, que apenas ha empezado en realidad a ser construido, y en modo alguno está acabado. La prueba de todo esto la encontraba en aquellos conejos que no acababan de salir de su madriguera...

Aquella incompletud de la naturaleza terminó por recordarme vagamente la atmósfera de *Bouvard y Pécuchet*, la novela de Flaubert que transcurría en la eternidad, pues en ella el tiempo pasaba y no conseguía hacer mella nunca en la personalidad de los protagonistas, dos personajes perennemente incompletos, siempre cayendo en los mismos errores humanos.

Concentrado en la atmósfera de aire parsimonioso que de pronto parecía que no iba a permitirnos ya jamás abandonar aquella carretera de las curvas que a veces —quizás porque veía a Rainer como en una novela de Conrad, emboscado al final del mismo— me recordaba a un gran río espeso y africano

—pongamos que al río Congo— me asusté en un momento determinado, cuando Vergés se movió mucho en su asiento y dio muestras de inquietud por algo que se me escapaba por completo.

Oye, dijo Vergés finalmente. Oigo, dije sonriente, y abrí los ojos justo en el momento en que en su intento de decirme algo comenzaba a abrir la boca y la abría mucho, muchísimo, pero no llegaba a decir nada. Su gesto inacabado habría podido aterrarme y confirmarme que todo estaba a medio hacer y que nada del mundo estaba acabado y sin embargo no dispuse de tiempo para confirmarlo porque, dando Vergés un repentino manotazo al volante, como si hubiera querido transformar su coche en el bólido salvaje que jamás en la vida éste habría podido ser, tomó con desquiciada velocidad una curva, y a punto estuvimos de caer al vacío.

Lo más extraño fue que no nos precipitáramos al abismo en aquella curva. Pasado el gran susto, no paraba yo de decirme que, de haberme ocurrido algo, habría sido una muerte imbécil, sobre todo teniendo en cuenta que en Cap de Creus tenía un despeñadero más a mano, más elegante y sobre todo más efectivo, porque al menos allí la verticalidad era sumamente radical.

Me encontraba diciéndome todo esto cuando

observé, sin excesiva sorpresa, que la carretera, tal como ya había observado un rato antes, estaba sometida a una especie de fuego lento que le daba una mayor dureza al asfalto, lo que provocaba que todo pareciera cada vez más trabajoso y hasta diría que eso explicaba que, a pesar de los kilómetros que teóricamente llevábamos ya recorridos, nunca diera la impresión de que avanzáramos demasiado. Todo me confirmaba cada vez más que nada había crecido ni madurado, ni tampoco nada había empezado a concluir, tanto en aquella carretera como en el resto del mundo. A ver si al final, le dije a Vergés, aún será cierto que estamos en un mundo incompleto. Silencio por su parte. O en el infierno, añadí. Arderíamos y no es el caso, dijo. Silencio, esta vez por mi parte. Solo algo después, es probable que influido por las circunstancias —ya es sabido que el infierno gira en torno a un eje que tiene forma circular y que por su naturaleza misma es interminable—, perdí el control de mí mismo y envié un e-mail a Rainer:

«Usted perdone, pero ¿no tiene la sensación de llevar ya veinte años en el infierno?».

Un mensaje suicida. Detrás del mismo se refugiaba mi intuición de que los veinte años en Nueva York podían no haber sido tan placenteros para Rainer como podía pensarse y quizás habían sido un simple infierno, lo que podía incluso explicar que quisiera pasar unos días en Barcelona, creyendo que la ciudad seguía siendo tan idílica como cuando la había dejado.

Un mensaje suicida, pero que me hizo sentirme bien, por haber probado a ser más atrevido con él. De hecho, sumamente crecido, terminé volviendo a preguntarle a Vergés —ya envuelto yo, eso sí, en la propia naturaleza reiterativa del infierno— si no le parecía que estábamos muertos, perfectamente muertos. No empecemos, volvió a decirme. Y yo, a comentarle que tenía la sensación de que aún no habíamos empezado. Empezado a qué, volvió a preguntar. No habíamos empezado ni a viajar, le dije, porque el mundo estaba todavía por hacer y lo más probable era que no saliéramos nunca de la carretera del infierno. No, por favor, no empecemos, insistió él; insistió hasta llegar a Barcelona.

19

Fue una sorpresa llegar a Barcelona cuando es bien sabido que ningún recorrido infernal prevé conclusión ni destino concreto.

Pero llegué. De modo que quedó desmontada esa idea de que los viajes por el infierno no conducen a un sitio determinado. Mi destino era la casa de tía Victoria en Barcelona. Y a ella llegué, con seis horas de retraso sobre el horario previsto, pero llegué y, al hacerlo, me acordé de una cita de sir Winston Churchill: «Si pasas por el infierno, sigue adelante».

Y bien que he sabido seguir el consejo a rajatabla, pensé con satisfacción sabiendo que la larga deriva por el infierno había quedado atrás. Y sí. Allí estaba yo, en la calle París, frente a aquel portal. Con una gran cara de asombro. Y con la escena de mi llegada amenizada por el sonido obsesivo de los helicópteros que sobrevolaban el barrio. Para muchos barceloneses aquel ruido infernal fue el recuerdo que más permaneció de aquellos días, porque creaba una sensación de profundo malestar en medio de un supuesto estado de guerra.

Me despedí de Vergés deseándole un gran viaje y, cerrando la puerta de su Ford Ka como quien cierra con suavidad los nueve círculos del infierno, me fui directo hacia el interfono de tía Victoria. Llamé. Subí hasta la cuarta planta de aquel edificio que colindaba con el hotel Astoria. Aún no había ni dejado la maleta en mi dormitorio y ya había oído, por parte de mi tía, una interpretación de lo que estaba pasando en la ciudad. A su entender, me dijo, lo proclamado la noche anterior en el Parlamento catalán había sido una declaración de independencia de naturaleza ambigua: era y al mismo tiempo no era una declaración. Eso explicaba que, a aquellas alturas del crepúsculo, aún no pudiera saberse qué había triunfado y qué no, y ni siquiera si había triunfado algo. En cualquier caso, dijo tía Victoria queriendo con esto resumirlo todo, el cielo de la ciudad hablaba por sí solo, porque no podía estar más infestado de helicópteros. Era el ruido del fin del mundo, añadió. Un ruido infernal, dije yo, sospechando por momentos que había salido de un laberinto para entrar en otro, porque era como si estuviéramos en *Apocalypse Now*, la adaptación al cine de *El corazón de las tinieblas*, de Conrad.

Barcelona, la gran ciudad neurasténica, admiración de tantos forasteros, situada en un lugar muy privilegiado del Mediterráneo, parecía haberse deslizado por un innecesario sendero de aldea vietnamita. Pero, llegando como llegaba yo de la carretera del infierno, la ciudad no acababa de parecerme tan horrible. A tía Victoria, sí. Minutos antes había encendido el televisor, me dijo, y le había desconcertado el discurso de Carles Puigdemont, porque éste había hablado no desde su despacho de Barcelona, sino desde su ciudad natal, Girona, y había seguido reivindicándose como presidente de la Generalitat de Cataluña, pese a estar desde Madrid ya formalmente cesado junto a todo su gobierno.

No mucho después, mientras Ramona, la ayudante de tía Victoria desde hacía tantos años, se empeñaba en servirme una cena fría, tía Victoria me preguntaba —abriendo mucho los ojos, como si quisiera reivindicar su mirada propia y autónoma frente a cualquier mirada dócil dirigida a cualquier televisor— si no pensaba yo también como ella que, dado que la proclamación de la República catalana tenía todo el aspecto de haber sido simbólica, podía hablarse de una potencialidad que aspiraba a ser.

Estaba yo aún preguntándome qué le contestaba cuando ella dijo que si lo único que había en aquella proclamación era un hecho virtual, me pedía disculpas si podía parecer que se ponía a hablarme de ella misma, pero tenía la impresión de que la situación de la República catalana recordaba «*les existences moindres*» (las existencias menores), de las que, como buena discípula de Souriau, tanto se había precisamente ocupado en sus escritos, especialmente en los de juventud.

Hizo una pausa, y luego sonrió, y creí ver que le hacía feliz descubrir que la República catalana podía tener aquel punto en común con sus ensayos de juventud. Acabé sonriendo yo también, al tiempo que observaba que, después de varios días de soledad y de una larga travesía del desierto, con muertes y desapariciones, me sentía bien por fin al lado de alguien. Ya era hora de que sucediera esto, pensé, porque llevaba demasiado tiempo sin acceder a aquella sensación de un cierto calor familiar. No era la primera vez, por supuesto, que me sentía arropado al lado de tía Victoria, la gran Victoria Reus, hermana menor de mi madre: una persona a la que no había podido ver mucho en las dos últimas décadas, pero a la que consideraba clave en relación con esa bella desdicha que venía siendo mi vida.

A ella, a tía Victoria, la consideraba esencial, especialmente en lo que atañía a la formación de mi destino, porque había sido lo más parecido a una profesora genial a lo largo del año que de niño pasé en la casa de su madre, de mi abuela, en la calle de Enrique Granados, en el 114. En aquellos días, la joven Victoria no pasaba de los diecisiete años y Rainer aún no había pronunciado sus primeras palabras —de hecho, aún no había nacido—, por lo que el mundo rodaba feliz sin noticia alguna de aquellas cinco «novelas veloces» de Gran Bros por las que tanto aparecía aquella inquietud de fondo que iba a notarse especialmente en la quinta y última de ellas, en *Plato is a Skeleton* («Platón es un esqueleto»): la tensión que llevaba a muchos escritores a vivir en la pregunta de si seguir o no seguir, si seguir andando entre los precipicios del escribir y del no escribir. Michon decía que los precipicios habían cambiado de nombre, y era muy probable que hubieran pasado a llamarse desprecio y fe, renuncia y alegría.

Pero desde luego todo ese vértigo de aquella duda esencial que planteaba *Plato is a Skeleton* no existía en 1952, cuando yo pasé de niño aquella larga temporada acompañando a tía Victoria en casa de mi abuela, porque mi madre tenía que cuidar de Padre, que pasó enfermo todo aquel año, hospitalizado, en peligro de muerte por una pulmonía que le impidió trabajar en una oficina del Congreso Eucarístico; una pulmonía que le colocó al borde del mayor abismo de su vida.

Debió de ser porque ansiaba ser pronto madre y era la última soltera en casa de mi abuela, pero el hecho fue que tía Victoria —quizás utilizándome como banco de pruebas para cuando tuviera sus propios hijos— me cuidó y me instruyó con verdadera pasión a lo largo de todo aquel año y me contagió la afición que había tenido su padre por el arte, muerto prematuramente. Y no dejaba nunca de llamarme la atención que, aun no habiendo tardado en ser madre —fue, a partir de los veinte años, madre hiperactiva, cinco niñas de un primer matrimonio, y dos niños del segundo—, su contundente lado procreador siempre quedó desdibujado al lado del empuje de su trayecto intelectual, donde iba a destacar para siempre la etapa de sus trabajos con Étienne Souriau, el filósofo francés que, a principios de los cuarenta, al introducir a los seres virtuales en su «inventario de las diversas formas de existencia», fue instigador directo de la que, aun cuando tardó en verse, fue una pequeña revolución en Occidente; una revuelta «mínima» pero que, sin embargo, cambió muchas cosas.

Tía Victoria trabajó con Souriau en Lyon y después una breve temporada en París a mediados de los sesenta, cuando aquella discreta sublevación ya había comenzado a tener visibilidad. Conocida como *la révolution moindre* (la revolución menor), cambió más cosas de las que en un primer momento pudo parecer, quizás porque con la imposibilidad de que nos afirmáramos como sujetos indisolubles, compactos y perfectamente perfilados, y con la aparición o, mejor, con el reconocimiento de los seres virtuales —de esas potencialidades que podíamos percibir que acompañaban a las existencias al modo de silenciosas prolongaciones de ellas mismas— toda realidad pasó a ser inacabada y en muchas novelas europeas los personajes cruzaban por el mundo literalmente a tientas («como transeúntes de la media luz», escribió tía Victoria), perdidos en penumbras en las que sólo se adivinaba un mundo por hacer.

¿Y cómo decirlo? Esa noche en la casa de la calle París, tras concentrarme totalmente en la oscuridad, logré intuir, casi vislumbrar, a través del espejo del salón, una «existencia menor», una aparentemente nimia sombra que rondaba por un punto casi invisible de aquel rincón de la casa de tía Victoria: una sombra que parecía moverse con lentitud entre la vida eterna y el clima de precariedad y de horror propio de la condición humana. Esa existencia menor, pálida sombra en aquel rincón de la casa, podía ser —muy pronto lo advertí— perfectamente la mía. Si lo era, se trataba sin duda de una ínfima sombra indecisa, que no sabía si seguir o no seguir allí, en aquel rincón, mareada por el sonido persistente de los helicópteros.

Ante aquella visión, opté por una risa franca, sin dobleces. Una risa muy comunicativa, que me habría gustado que por sí sola expresara que me sentía orgulloso de ella, de tía Victoria: en realidad, la única isla de cultura que había en aquella familia tan obscenamente ignorante que eran los Reus, tan o más iletrados que los parientes de Padre, entre los que —el gran musicólogo Marius Schneider aparte, porque era pariente lejano—, sólo el berlinés Dieter Schneider podía aspirar a ser, por su eficaz arquitectura, un faro cultural, aunque muy por debajo de Victoria Reus, que era la Reina.

El resto, en una y otra rama familiar, era sólo

barbarie, ignorancia, atraso a raudales. Y también bondad estereotipada y muy falsa. Y, además, por si fuera poco, había —por parte de las demás hermanas de mi madre y de tía Victoria, así como de los hijos de esas demás hermanas de mi madre y de tía Victoria, y también por parte de todos los demás Schneider— una tendencia exasperante a volverse insufribles a la primera de cambio, siempre con sus desaforadas inclinaciones, todas de raíces psicópatas, a la charla inocua y a la locura nocturna, dos tipos de demencia más bien parecidas y, dicho sea de paso, más propias de una aparatosa pandilla de cretinos que de otra cosa.

20

De todos los lugares en los que he vivido, dijo tía Victoria, sólo he estado siempre bien aquí, en Barcelona, quizás porque aquí es como si todo me perteneciese.

Le pregunté si también sentía que le pertenecía la casa de al lado.

Incluso la casa de al lado, dijo riendo.

Le pregunté si también el asfalto.

Hasta el asfalto, dijo, aunque ya sé que a esto se le llama apropiación.

Habría sido un error grandísimo advertírselo, de modo que no le dije de ningún modo que me dedicaba a la apropiación de frases y que era un empleado

—el *hokusai*, el subalterno— de Gran Bros. Me limité a confirmarle, tal como le había explicado por teléfono, que al día siguiente tenía que encontrarme con él en la parroquia que estaba precisamente a cuatro pasos de aquella casa. No sabía, le volví a decir, lo que mi hermano buscaba o quería, pero en cualquier caso iba a verle y escucharle, y aquello en principio era todo. No quise pues trastocarla con cualquier confesión innecesaria que entorpeciera la armonía que había existido siempre entre nosotros. Ella era la única persona de la familia que respetaban plenamente los demás Reus, quizás porque les sobrepasaba ver que no dejaba nunca de ser una verdadera *rara avis* en muchos terrenos. Había sabido compaginar su nervio intelectual con un sentido común para la vida práctica verdaderamente asombroso, y eso tenía su mérito teniendo en cuenta, además, que pasaba gran parte del tiempo rodeada de todo tipo de seres que disfrutaban de «existencias fútiles»: horas y horas acompañada por todas esas existencias medio luminosas y sobrentendidas en las que era una experta, una verdadera especialista desde que su maestro francés, Souriau, le hubiera dejado virtualmente en herencia todo aquel secundario, pero apasionante, material.

Lo que era de verdad raro era que alguien como

Rainer Schneider Reus no hubiera reparado en ella para escribir un buen libro. Aunque quizás no lo fuera tanto. Después de todo, Padre siempre decía que el pobre Rainer temía dar demasiadas pistas sobre sus parientes catalanes porque eso revelaría que el verdadero talento de la familia no era ni mucho menos él.

Yo había sido bien afortunado al haber contado con el apoyo de tía Victoria en mi niñez. Del prodigioso aprendizaje que había recibido de ella había hablado largo y tendido muchas veces con mi madre, y también con Padre. De hecho, el núcleo central de todos mis recuerdos de aquellos días de infancia pasados en la casa de la abuela Reus se localizaba exclusivamente en la temporada en la que tía Victoria, por decirlo de algún modo, me modeló. Eran recuerdos encuadrados en imágenes bien precisas: tía Victoria, por ejemplo, sentada junto a mí en la alfombra del gran salón, esforzándose por enseñarme a dibujar figuras humanas en cartulinas blancas inmensas que íbamos llenando de imágenes y a veces de frases que trataban de justificar nuestros irresponsables dibujos, entre los que había muchas imágenes distorsionadas, algunas de ellas algo picassianas: imágenes de los grandes tenistas del momento, a los que les cambiábamos malévolamente sus físicos.

A la joven Victoria le fascinaba aquel deporte

que había comenzado a emerger en la Barcelona de aquellos días, aquel mundo de raquetas y de uniformes tan blancos como nuestras cartulinas. Y yo, por mi parte, sentía una infantil fascinación por el misterio que parecía ocultarse detrás de los nombres extranjeros de los tenistas del momento: Tony Trabert, Ken Rosewall...

Aún recordaba con precisión cómo, en días ya muy diferentes de aquéllos, casi medio siglo después, una tía Victoria ya muy alejada de sus retratos de tenistas había sido en reiteradas ocasiones incapaz de reprimir en familia su desprecio por la calculada maniobra de desaparición mediática que había llevado a cabo Rainer Bros en América.

«Una vergonzosa imitación de Salinger», fue una de sus frases más celebradas en un almuerzo de Navidad de aquella época. Pocos en la familia sabían quién era Salinger, pero todo el mundo, al oír aquello, rio y aplaudió, como si ella hubiera dado por completo en la diana.

Y en otra comida de Navidad, también de aquella época, al comentar alguien que Bros triunfaba como un loco en Nueva York (nadie podía imaginar que yo le ayudaba en secreto), dijo tía Victoria acerca de aquel grosero éxito: «Oídme, familia. El pobre Rainer se ha hecho escritor en tierra americana y yo me pregunto qué hará cuando se coloque ante su escritorio y no se le ocurra nada...». También en esta ocasión la familia Reus celebró con entusiasmo aquella intervención: todo el mundo rio y golpeó con cucharillas los vasos en señal de total aprobación.

Tía Victoria sostenía que el estilo norteamericano de Rainer Bros, por mucho que trataran tan frívolamente de compararlo con el de John Ashbery, era volátil, insustancial, sin brújula. Las palabras de Rainer, según ella, iban de un lado para otro, siempre enloquecidamente, sin una coherencia mínima, como si escribiera permanentemente drogado. O bebido, añadió Valeria, que se consideraba una especialista en su oculto primo.

Esa noche de octubre de hace unos años, el ruido obsesivo de los helicópteros, como en un mal sueño, dificultaba la conversación entre tía Victoria y yo, al tiempo que le daba un monumental y memorable aire apocalíptico a todo. Está bien que le veas mañana, dijo tía Victoria, pero no te olvides de que habla igual que escribe, como una hoja barrida por el tiempo; quisiera poder pensar que ha cambiado, pero las personas no cambian, más bien lo contrario.

Lo que le sacaba más de quicio de Rainer, dijo de pronto, era el comportamiento que había tenido con sus padres. Se portó pésimo, dije enseguida yo.

¡Como un verdadero cerdo!, dijo ella gritando, como si quisiera que todo el vecindario oyera aquello y no sólo a los feroces helicópteros. Fue un mal hijo y sobre eso no hay ninguna duda, susurré tratando de salirle al paso, buscando evitar el tema, porque me devolvía al tiempo del duelo y del dolor. Había algo insoportable en tu hermano, prosiguió implacable tía Victoria, algo insufrible y caparrudo.

Calificarle de «caparrudo» fue una nota de humor por su parte. Un homenaje, dijo, al modo de llamar a los tozudos en Mallorca, la isla de la que provenían sus dos maridos, que habían sido ambos, sin duda, bien caparrudos, es decir, fieros y obstinados en todo hasta la médula.

Y por encima de todo, dijo ella, Rainer era el gran caparrudo, porque llevaba no se sabía cuánto tiempo considerándose a sí mismo el mejor escritor de su generación, y se tenía que reconocer que había tenido éxito en Estados Unidos, pero era un perfecto mendrugo porque había caído de lleno en el síndrome de los mediocres campanudos. Ese síndrome, dijo, era el de todos aquellos a los que no les haría nunca ninguna gracia ser el único novelista de toda la historia, pero les encantaba, en cambio, la idea de creerse el único escritor de su generación.

La irrupción de aquel síndrome llevó la conversación a terrenos inesperados y tía Victoria acabó mostrando su ira, más grande de lo que yo esperaba, por la decisión de mis padres de alejarse del mundo y haber buscado tan deliberadamente irse a vivir a las afueras de Cadaqués, a una casa, dijo, que ya entonces, cuando la compraron, se veía que acabaría columpiándose sobre el acantilado.

Para tía Victoria, los días que ella había pasado en aquel entonces recóndito pueblo de Cadaqués siempre habían sido gloriosos, días en los que parecía existir el futuro, una época única que ya no volvería a repetirse, pero que le había dejado grandes recuerdos. Cadaqués, dijo exagerando un poco, era la historia de los grandes momentos y estaba convencida de que, de haber querido, aunque fuera sólo un pueblo, habría podido arrebatar a Nueva York su papel de capital del mundo. Lo que no entendía —volvió a la carga, como si quisiera reafirmar una obsesión familiar que consistía en valorar especialmente lo céntrico— era que a los buenos de mis padres les hubiera dado por comprar una casa medio en ruinas y, además, en las afueras. ¡Con lo céntricos que habían sido siempre ellos! Sólo podía comprenderlo, acabó diciendo, como gesto de protesta contra el dios Mercurio. No sabía a qué se refería, le dije. Y me explicó que buscaba insinuarme que los buenos de mis padres, perdiéndolo todo deliberadamente al comprar el caserón, habían actuado como si quisieran mostrarle desprecio a Mercurio, dios del comercio. Fue una inversión hecha para arruinarse en todos los sentidos, le dije. ¿Y no pudiste evitarlo?, preguntó.

Cambié de conversación y pasé a decirle que me sentía al comienzo de una esperanzadora nueva etapa de mi vida. No me creyó, quizás porque me conocía demasiado bien. Y entonces modifiqué lo que le había dicho y le comenté que estaba viviendo simplemente asombrado de que la esperanza permaneciera en mí intacta, aunque no se me escapaba que mis plegarias nunca serían atendidas y que sólo lo no atendido era real. Esto pareció gustarle más, quizás porque se adecuaba más a la verdad. Tener no tienes futuro, dijo, y tampoco lo tengo yo, ¿no es eso lo que pretendes decirme? Sentí que con esa pregunta me había llevado a un callejón sin salida y que el constante zumbido de los helicópteros creaba, encima, un malestar suplementario a aquella situación de agobio.

Estoy cambiando, dije, por desviar un poco la angustia. Y empecé a explicarle que, en primer lugar, quería acabar con la herencia del «sentimiento trágico de la vida» que había heredado de Padre y perfeccionar mi distanciamiento de las cosas y así lograr que pudieran empezar a afectarme menos las desgracias, los contratiempos, que últimamente habían sido muchos y me habían afectado más de lo deseable.

Bien hecho, jaleó tía Victoria, y me habló de que a ella, en días decisivos, había sido el gran Pepe Bergamín quien le había contagiado la aversión hacia las actitudes trágicas y la inclinación por la comedia. Y tras decirme esto, hizo una pausa muy medida para luego comunicarme, con los párpados medio cerrados —avisándome de que en breves segundos se retiraría a descansar—, que a mí me iría bien hacer como últimamente hacía ella...

Se detuvo aquí y luego volvió a iniciar la frase para, apoyándose en su propia maniobra de tender a callarse, conseguir completarla. Y yo pensé que quizás habría podido serme muy útil esa técnica la tarde anterior cuando no conseguía completar la frase que copiaba.

—Te iría bien hacer como yo —dijo—, que busco la explicación científica.

Ésta fue la frase de la noche.

Hasta los helicópteros —en mi recuerdo subjetivo y seguramente algo distorsionado— pararon por un momento su atronador ruido para meditar sobre la búsqueda de aquella explicación científica que tía

Victoria tanto decía adorar y que parecía ya estar escampándose por todo el vecindario.

Es sencillo, dijo, piensa en nosotros. Lo estoy haciendo, dije. Piensa en nosotros, repitió, piensa en los seres humanos, que en realidad somos las entidades más importantes de todo el orden del cosmos, por mucho que algunos digan lo contrario. Instintivamente, al oír la palabra *cosmos*, eché el cuerpo algo hacia atrás. Desde luego tía Victoria sabía bien lo que decía, aunque se notaba que seguía avanzando por su rostro la sombra del cansancio del día. Y me pareció encontrarme en uno de esos momentos en los que no es tanto que la luz sea incierta, sino que percibimos que no nos será posible terminar de ver por completo a la persona querida que tenemos delante. Y es que también yo notaba, como imaginaba que notaba mi tía, que la luz y la fatiga parecían haberse aliado para que la temblorosa y querida figura familiar que teníamos delante comenzara a diluirse en el interior de una lenta bruma implacable que avanzaba, como la noche, hacia los dos, sin distinguir entre ella y yo.

Eso es lo que me pareció ver, y sin embargo también tuve la impresión de estar viendo, todavía durante unos segundos, que tía Victoria sacaba fuerzas de donde ya no había y seguía marchando impertérrita en dirección contraria a esa fatiga. Y es que empezó a decir —en realidad sólo a susurrarlo— que dentro de lo que llamábamos las leyes universales de la física no había límites al progreso. No acababa de decidirme a pedirle que me lo explicara mejor cuando oí que me decía —y esto sí lo pude oír perfectamente— que el salto que nos esperaba iba a ser extraordinario, estábamos sólo en el comienzo de algo.

Quedé pensativo. Y salí de mis conjeturas mentales cuando oí que me decía que los seres pensantes carecíamos de límites y disponíamos de un poder literalmente inacabable para provocar cambios. Entonces le pregunté si me equivocaba al entender que me había dicho que todo estaba al alcance de la razón. Sí, dijo sin rodeos, no había límites para el progreso, aunque mucho se temía que no llegáramos algún día a saberlo todo, pero era interesante la carrera hacia aquella meta lejana. Oí esto tan perfectamente gracias a que los helicópteros habían tenido el detalle de alejarse por un momento del barrio, como si buscaran controlar a los imaginarios revolucionarios de otros barrios de la ciudad. El hecho fue que durante unos minutos dejaron de volar sobre el Eixample y de intentar transportarnos a aldeas remotas en el delta de un río que llevaba hasta el corazón de las tinieblas.

Sé que piensas que nunca me viste tan optimista, dijo tía Victoria. No había llegado aún a pensarlo del todo, pero le dije que sí, que era eso lo que pensaba, que era lo que me parecía que se desprendía de sus palabras (que por suerte no me decidí a calificar de sonámbulas, lo que habría sido una innecesaria imprudencia).

Es una posibilidad que está ahí y que es tan optimista, dijo con la voz cada vez más cansada, que me veo obligada a advertirte que si tu plan principal es, como me has dado a entender, distanciarte del sentimiento trágico de la vida, tendrás que ir con mucho cuidado, y no dejarte llevar por una excesiva alegría o confianza.

Hizo una pausa, seguramente para que me interesara por saber de qué tenía yo que desconfiar tanto, y eso es lo que acabé preguntándole. Y entonces sonrió feliz, como si se sintiera muy satisfecha de haber llegado con aquella pregunta al final del día.

Para que no se te ocurra, dijo, que, buscando alejarte tanto del mundo, acabes alcanzando realmente tu objetivo de distanciarte y te sientas de pronto tan lejos de todo, tan y tan lejos de todo y tan optimista por culpa mía que, por cualquier tontería, vayas y te mueras.

21

A la mañana siguiente, el sol me iluminó de tal modo que hasta logró medio despertarme y llevarme a evocar una frase cuyo autor no hubo forma de que me viniera a la memoria, lo que en primer lugar me hizo recordar lo lejos que andaba yo de mi archivo de Cap de Creus y después desconfiar de que la frase existiera, lo que acabó llevándome a poner en duda la propia existencia de la literatura, por lo que me volví a dormir y luego me volví a medio despertar, y en esa nueva rendija de tiempo la frase me pareció sólo una frase, y lo que entonces pasó a ocupar mi mente fue la absoluta urgencia, aunque ya sólo fuera por lo que pudiera depararme aquel día, de desayunar fuerte, es decir, prepararme bien para lo que pudiera venir.

La frase, que yo seguía en el fondo sospechando que no era de nadie, decía simplemente esto:

«Dejé que el sol me alumbrara».

Era muy tópica y yo me decía que la había oído o leído cien veces. Pero revisaba en mi memoria todas las ocasiones en las que había podido cruzarme con ella y acababa dándome cuenta de que, por increíble que me pareciera, no la había visto ni oído nunca. Entonces ¿la frase era mía? No tenía a quién preguntárselo, ni siquiera a quién decírsela. Finalmente se la dije a tía Victoria media hora después, cuando desayunamos juntos. De dónde sacaste la frase, preguntó ella, todavía algo somnolienta y como si aún buscara la explicación científica. Y yo, azorado, sospechando que ella la encontraba muy presuntuosa y rancia, dije que la había sacado de una novela de Rainer que había hojeado casualmente en una librería. Parece una mala traducción de una frase de Peter Handke, dijo ella. No me extrañaría que lo fuera, respondí sintiendo que me acababa de quitar un gran peso de encima; de hecho, descubrí que había frases que podían llegar a pesar mucho, más incluso que el mundo.

A propósito de Rainer, dijo ella, creo que soy

la única persona de la familia que aún se acuerda de por qué tu hermano se hace llamar Bros. Es posible, porque yo ni me acuerdo, dije. Y sin embargo estabas allí, dijo, cuando surgió por primera vez ese apellido. No, no me acordaba, pero bastó que dijera que no me acordaba para que empezara a recordar. Aquel nombre de Bros, recordé con la ayuda de tía Victoria, había que relacionarlo con el escudo heráldico de la familia Quirós, un escudo que de muy niño Rainer había visto en Ribadesella, en Asturias, en el transcurso de una excursión familiar en la que también ella misma, tía Victoria, había participado. En un momento dado, Rainer, que había tardado más tiempo del habitual en aprender a leer, cazó en lo alto de una torre frente al mar el lema de aquel escudo heráldico: «Después de Dios, la Casa de Quirós». Pero lo leyó en voz alta con precipitación: «Después de Dios, la Casa de Bros». La palabra *Bros* quedó en el aire de la tarde, solitaria, única: nadie de la familia podía decir que no la había oído.

Bros.

Todo el mundo la oyó y todo el mundo rio. Y la frase entera acabó convirtiéndose en la broma del verano. Algunos, como yo mismo, nos mostrábamos despiadados cada vez que nos cruzábamos con Rainer: «Después de Dios, la gracia de la Warner Bros».

De ahí viene, ya ves, ese ilustre pseudónimo de las letras norteamericanas, dijo muy irónica tía Victoria, poco antes de darme el beso de despedida y desearme que, dentro de lo posible, todo me fuera bien en mi encuentro con el monstruo.

—Por cierto —dijo—, ¿para qué lo quieres ver?

Hay preguntas de última hora que, gracias a que son de última hora, no las tenemos que responder. Minutos después, alcanzaba la calle París, donde casi de inmediato me di cuenta de que no iba a saber dónde ponerme, pues no tardé en verme rodeado de personas que agitaban banderas españolas y se dirigían al llamado Cinc d'Oros, la confluencia de Diagonal con el Paseo de Gracia, que era de donde arrancaba la manifestación por la unidad de España. Y yo no sabía dónde ponerme porque simplemente no me identificaba con ninguno de los dos «proyectos políticos» enfrentados.

Ni tan siquiera en los años de la dictadura franquista había visto tantas banderas españolas por las calles de mi ciudad. Pero lo más chocante no era el número de éstas, sino que estuvieran justo en medio del paisaje de mi memoria más querido, en la embocadura de la calle de Enrique Granados, entrando por la Diagonal. Ese espacio a cuatro pasos de la que había sido la casa de la abuela Reus lo había visto

siempre como una pintura que no admitía modifica-
ciones, porque llevaba años para mí totalmente acabada; era un lugar intocable, y, según cómo lo pensara, un territorio tan inamovible y tan únicamente
mío que muchas veces había llegado a parecerme
improbable que pudiera pertenecer a alguien más, y
menos todavía a un personal extraño, y encima gro-
tescamente abanderado.

Por eso, aquel domingo por la mañana, ver aquel
espacio tan sobrecargado de signos intrusos no pudo
más que incomodarme visualmente, sin duda porque convertía la ternura y grandeza de mis mejores
recuerdos de infancia en un paisaje burdo y fanático.
Durante unos larguísimos minutos no hice más que
moverme de un lado a otro, tratando de que no se me
asociara con los que iban a manifestarse ni con los
que detestaban a éstos. Hasta que finalmente —iba
bien de tiempo— di con un lugar donde me pareció
que podría reposar y de paso sentirme algo aislado.
Encontré para sentarme, junto al local en el que antaño estuvo la peletería Tapbioles y Pirretas —de
niño, el extraño nombre de ese comercio me había
primero fascinado y luego intrigado—, unos bancos
de madera que por suerte no eran de estilo pseudo-
gaudiniano y que el ayuntamiento había bautizado
con el nombre de «espacio Néstor Luján».

Una placa indicaba las fechas de nacimiento y muerte del homenajeado, un escritor que en su tiempo había sido un personaje muy conocido en la ciudad: periodista, gastrónomo y escritor. Me impresionó descubrir que había nacido el 1 de marzo de 1922, el mismo día y año que Padre, aunque, a diferencia de éste, Luján no había venido al mundo en Barcelona, sino en Mataró. ¿Llegó a conocer alguna vez Padre esta coincidencia? Ésta era alguna de las tantas cosas que ya nunca podría preguntarle y que, por tanto, ya nunca alcanzaría a saber. Pero algo me había llevado hasta aquel banco y ese mismo algo fue lo que me llevó a reconstruir en mi memoria, con rara facilidad, una frase de Luján que estaba en mi archivo y que vi que recordaba perfectamente de memoria: «Uno vive aquí, en este país nuestro de desdenes y olvidos».

Aún no sé cómo fue que me imaginé a Padre apropiándosela, aunque él no se apropiaba nunca de nada, y le imaginé también diciéndola (cargado de razón, dado el olvido en el que él mismo había ya caído pocas semanas después de su muerte): «Uno vive aquí, en este país nuestro de desdenes y olvidos».

Logré estar tranquilo unos minutos, sintiéndome incluso resguardado, protegido, por la energía de ausencia de Padre. De hecho, sentado en aquel banco, empecé a sentirme invisible o, como mínimo, a resguardo de lo que ocurría, porque quería creer que los demás veían en mí a la figura de Padre, y no a su hijo mayor, a mí mismo. Y hasta tal punto llegué a creer que era visto de esa forma que hubo un momento en que incluso pensé que yo no era yo sino Padre, lo que me llevó a pensar que nada de lo exterior estaba relacionado con el subalterno y artista citador que respondía al nombre de Simon Schneider. De ahí que me llevara un susto espectacular cuando de repente fui asociado con quien menos lo esperaba: conmigo mismo. Un susto tremendo cuando una pareja de mediana edad, con aspecto de ser «un matrimonio de toda la vida», me preguntó si no sería yo Simon, el hermano de Rainer Schneider.

Era Simon, en efecto, habría tenido que contestarles, pero quedé inmovilizado por lo inesperado de la pregunta y quizás también porque llevaba demasiado tiempo encerrado en el caserón de Cadaqués y no estaba acostumbrado ya a mezclarme entre la gente.

Habían conocido al joven Rainer hacía años, me dijeron, y querían saber si era yo aquel Simon que le reñía cuando se portaba tan abrumadoramente mal en las fiestas nocturnas. Quedé aún más inmovilizado, del todo ya estupefacto. Luego balbuceé algo, sin tener claro qué estaba diciendo. Habían sido amigos de Rainer Schneider, me explicaron. ¿Cuándo? A lo largo de un verano muy divertido, hacía una inmensa cantidad de años, en Sant Martí de Centelles. Y se acordaban también de mí, si es que yo era quien efectivamente pensaban que era, aunque quizás no me acordara de ellos ya que, por ser yo del grupo de los mayores de veinte años, nunca había sido de su pandilla...

Habría querido salir corriendo del «espacio Luján», pero enseguida vi que reaccionar de aquel modo me habría causado aún mayores problemas, así que me contuve, sofocando el terror que me estaban inspirando aquellas interminables y confusas palabras. Esperaban no equivocarse, oía que insistían ellos, pero mi aire a lo Simon Schneider era inconfundible.

Y yo pensaba: ¿acaso mi rostro había quedado congelado en el tiempo? Tanto desconcierto acabó llevándome a tratar de recuperar mi identidad y a mirar hacia el gran balcón de la abuela Reus en la tercera planta del 114 de aquella calle; un balcón antaño perteneciente a la familia y donde me habían hecho fotos de niño, con una tía Victoria esplendorosa, jovencísima, dibujante genial de los tenistas famosos del momento, todos extranjeros.

Por unos momentos, refugiada mi mirada en ese balcón, logré tranquilizarme un poco. Pero terminé soltando un gruñido. También yo parecía divertido, comentó entonces, insolente, la mujer. Y me asaltó de golpe una sospecha. ¿No estaría frente a dos independentistas que, viéndome ajeno a los españolistas, creían que estaba alineado completamente con ellos y por eso me hablaban con aquella confianza tan desorbitada? Pero enseguida vi que existía la posibilidad opuesta, pues el hecho de que me hubieran hablado en catalán no tenía por qué significar que fueran independentistas... Y mientras me preguntaba esto, y quizás por lo enredado y laberíntico de la situación —de la situación política, que, por un bando y otro, se había asfixiado tanto en la propaganda y en las falsedades que producía el mismo efecto que la bruma sobre el río: impedía ver lo que era real, aunque sólo hasta el mismo momento en que esa bruma insensata se levantaba—, acabé pensando en otra cosa, pensando en mi pariente lejano, el musicólogo Marius Schneider, otro que se perdió en el tiempo, pero en su caso muchos años atrás.

Yo sabía que en otros días aquel Schneider había también paseado por la misma zona en la que me encontraba; había paseado con su amigo el poeta Juan Eduardo Cirlot, hablando sobre simbología y especialmente sobre el tema que más les interesaba: el laberinto y sus salidas.

Y luego me di cuenta de que había también otra posibilidad: que fuera aquella pareja catalana cómplice endiablada de Gran Bros, pues a fin de cuentas era demasiado extraño y casual que preguntaran precisamente por la persona con la que, tras veinte años de radical separación, había quedado citado en unos minutos en la parroquia del santo papa Eugenio.

Si era la gran mañana de lo Casual, pensé, sería mejor que estuviera preparado para cualquier otro tipo de eventualidad. Y me acordé de unas palabras de Justo Navarro que no habían dejado de acompañarme a lo largo de los años, porque me recordaban lo frágiles y vulnerables que somos, ya que cualquier casualidad puede destrozarnos en un segundo: «El idioma del azar es también el idioma de la fragilidad: hay coincidencias y casualidades con las que te mueres de risa y hay coincidencias y casualidades con las que te mueres».

¿No me había advertido tía Victoria que fuera con cuidado y recordara que podía acabar aquel día muerto por cualquier tontería? Pronto mis sospechas de que al matrimonio de toda la vida lo hubiera enviado Bros para escoltarme en el camino hacia la parroquia del santo papa Eugenio se disiparon cuando vi que ni tan siquiera sabían que mi hermano, aquel perverso donjuán de Sant Martí de Centelles, se había convertido en una estrella mediática. Vi que ni siquiera sabían esto cuando, con una bondadosa y nítida expresión de buena fe, me preguntaron si Rainer había finalmente estudiado para abogado, tal como, por lo visto, había estado anunciándoles él a lo largo de aquel remoto verano.

No llegó nunca a estudiar Derecho, dije tajante. Y luego añadí: Rainer no estaba hecho para las leyes. Me miraron con sorpresa y finalmente me preguntaron si hablaba de mi hermano en pasado porque había muerto. No, muerto no, simplemente se ha vuelto invisible, contesté, y yo soy su padre.

Hoy en día los locos son los amos del mundo, dijo el marido, que parecía muy molesto conmigo por esa respuesta. Te pareces una barbaridad a tu hermano, dijo ella, también con ánimo quizás de querer vengarse de mí. Es que soy él, soy Rainer y a la vez soy el padre de Rainer y también mi propio hijo, respondí veloz.

Te pareces a un cocodrilo, dijo el marido, supongo que queriendo indicarme que cerrara ya la boca y no le vacilara tanto a su mujer.

Y yo, viendo que se complicaba todo, me dije

únicamente que jamás imaginé que acabaría tan angustiado en el más sagrado paisaje de mi memoria.

Me puse en pie de pronto, enérgico y decidido, dispuesto a todo. O yo o la angustia, me decía a mí mismo. Y empecé a irme de allí, a dejar atrás a los dos pesados que casi me habían acorralado allí, a aquellos extraños que se habían entrometido demasiado en mis cosas. No era ya cuestión de perder el tiempo con mayores enredos, me dije, y mejor sería que fuera ya hacia la parroquia del papa Eugenio, pues, al paso que iba, podía incluso llegar tarde a la cita. Así que me puse en marcha y pronto quedaron atrás aquellos dos pelmazos. Una cita de Ortega me pareció oportuna para acompañarme en mi retirada: «Lo característico del momento es que el alma vulgar, sabiéndose vulgar, tiene el denuedo de afirmar el derecho de la vulgaridad y lo impone dondequiera» (*La rebelión de las masas*).

Aunque por esa frase pudiera parecerlo, Ortega no era precisamente un pensador reaccionario. Lo que entendía por «masa» no tenía nada que ver con una clase social y, menos aún, económica. Dividía a la humanidad entre aquellos que se exigían mucho a sí mismos y creían en el esfuerzo, y los que se limitaban a ser en cada momento siempre lo que ya eran.

Me dirigí hacia la calle Londres y, mientras subía por la cuesta de la calle Aribau, jugué a simular que iba tan saturado de citas que me había convertido en un individuo de notable peso físico que apenas podía dar un solo paso. Llegué a obsesionarme a propósito con las palabras *peso* y *paso*, sin duda para poder así quitarme presión ante el peso del gran paso que iba a dar al plantarme nada menos que ante el autor distante, ante el Gran Hermano (que era uno de mis modos secretos de nombrarlo en privado).

Buscaba mi perfil por todos los espejos de los escaparates y veía sólo las palabras de una frase, de una única frase, es decir, que me veía a mí mismo con perfil de cita, y la cita era de Leonardo da Vinci: «Cualquier cosa que pesa quiere ir al centro del mundo por el camino más corto».

Y eso era precisamente lo yo quería: no tardar en llegar a Rainer, al centro de mi mundo aquella mañana.

22

No ignoraba que esa sensación de que no es nuestro lo que escribimos ha estado ahí siempre, desde que existe la escritura. Ni ignoraba que la sensación había atravesado toda la historia de la humanidad, hasta llegar incólume a nuestro tiempo, indemne y tan fresca como en los días en que aquella sensación se originó.

Por lo que yo sabía, esa sensación solía asaltar el ánimo de todos los que escriben, ya fueran autores relevantes como si no lo eran. «Desde que empecé a escribir, hay textos que los notaba como no-míos», declaró en cierta ocasión Mario Levrero, para quien esos textos sólo podían venir de una parte suya que le era completamente ajena y aun hostil, o bien de malas pasadas que le jugaba la memoria que le dictaba un texto ajeno, borrándole el dato de que no era suyo. Y contaba Levrero que un día había escrito de un tirón un relato más bien extenso, la historia de un tipo que se despertaba de noche y advertía por azar que su mujer, que dormía a su lado, tenía algo así como una línea sutil en la cara; siguiendo esa línea descubría que la mujer tenía puesta una máscara, que esa cara que él conocía no era la verdadera. Entonces se levantaba y salía a caminar, y veía que la ciudad que él conocía no existía, que eran sólo fachadas, cartones pintados que unos obreros estaban armando en aquel momento porque se acercaba la salida del sol...

Nada más acabar el cuento, Levrero se dijo: esto no es mío; no puede ser mío. Y había empezado a llamar por teléfono a amigos que tuvieran una mínima relación con la literatura para preguntarles si habían escrito ellos o les habían contado alguna vez una historia como aquélla. Y nada, ninguno sabía nada de aquella historia. Y, aun así, siguió convencido de que el cuento no era suyo y lo destruyó.

¿Tan alarmante podía ser escribir algo y no sentirlo como nuestro? Para Levrero podía ser preocupante y para mí, en cambio, todo lo contrario, quizás porque por mi propia profesión de *hokusai* había asimilado tanto la cita ajena que la alarma o susto tremendo me llegaba sólo cuando veía escrito algo que percibía que podía ser mío. Es mío, pensaba entonces con verdadero horror, y quería que se me tragara la tierra.

Iba pensando en estas cosas, aunque también en otras (ligadas al creciente miedo que de pronto había comenzado a sentir ante los pocos minutos que me quedaban para encontrarme con Rainer), cuando vi que, debido a haber pensado en todo aquello, el trayecto a pie se me había hecho más largo de lo previsto, como si hubiera ido atravesando países muy distintos unos de otros, países que habría ido entreviendo medio adormecido, como transportado por un invisible vehículo fantasmal...

Poco después, ya más liberado de mi estado adormecido, había empezado a enfilar la calle Londres y por tanto me hallaba situado en línea recta en dirección a la parroquia del santo papa Eugenio. De hecho, podía ver ya un fragmento del campanario de la iglesia, en el cruce de Londres con la calle Borrell. Estaba mirando hacia allí cuando comenzaron a repicar las campanas, que en teoría llamaban a misa de once, pero parecía que celebraran o subrayaran la hora de mi reencuentro con mi hermano invisible, con mi benefactor y tirano, con el responsable de «la financiación de Van Gogh», con uno de los grandes iconos de los escritores ocultos de la Tierra...

Seguí andando, sin dejarme impresionar por el hecho de que fuera yo un ciudadano de a pie que iba a tener muy pronto el privilegio de estar frente a alguien ante el que ningún periodista había conseguido estar en las dos últimas décadas. Iba andando despacio, como si no me importara llegar puntual, pensando cosas de este estilo, a veces acompañándome de alguna cita literaria, cuya compañía nunca podía evitar, aunque no estaba claro que fuera bueno para mi salud mental. De hecho, ya Padre en su momento me había avisado de que aquello —mi cabeza siempre tan sumergida en el *arte de las citas*— podía acentuar mi tendencia a la locura. Me lo decía Padre sólo por mi afición a registrar frases y archivarlas, de modo que cabía suponer que habría sido alucinante lo que habría dicho de haber llegado a saber que colaboraba en la obra de Rainer. Fue una suerte que él nunca llegara a saber nada de «la financiación de Van Gogh», que a buen seguro habría vivido como un hecho incomprensible.

El caso es que en la calle Londres, sólo a unos pocos metros ya de la iglesia del santo papa Eugenio, logré moderar el fuerte temor a encontrarme con un hermano transformado al dedicarme a recordar unos versos de John Donne relacionados con el espiritual idioma de las campanas: «¿Quién no echa una mirada al sol cuando atardece? / ¿Quién quita sus ojos del cometa cuando estalla? / ¿Quién no escucha una campana cuando por algún motivo tañe? / ¿Quién puede dejar de escuchar ese carrillón, cuya música lo traslada fuera de este mundo?».

Iba concentrado en los versos y tratando de acordarme de cuál había sido la última vez, veinte años antes, que había visto a Rainer, cuando de pronto vi que, apostado junto a la puerta de la parroquia, había un hombre de gorra al revés y pelo largo y blanco, fumando; un tipo que parecía tener aproximadamente la edad de mi hermano, pero que no parecía que lo fuera. Es más, a medida que avanzaba, fui viendo, con recelo y asombro, que aquel tipo a quien verdaderamente me recordaba era a Balfour, un escocés del que hacía años que no tenía noticia alguna, pero que, a tenor de lo que me parecía ver, podía estar todavía por ahí, errando por Barcelona, y con el que uno desdichadamente no podía sentirse jamás tranquilo, porque su carácter solía oscilar entre la locura más extremada y una demencia a veces amortiguada por una fuerza exterior inexplicable.

Me pareció todo un problema que estuviera yo caminando en dirección nada menos que a Balfour.

Porque de aquel tremendo escocés lo más atinado que podía decirse era, parafraseando a Cortázar, que se trataba de «alguien que andaba por ahí» o, mejor dicho, que se trataba de «alguien que escribía por ahí», y esto último era lo más literal, lo más preciso que se podía decir de Balfour porque, de hecho, al menos en los años en los que le había visto con cierta frecuencia, aquel orate escocés, profundamente plomizo, escribía únicamente en la calle, donde clavaba con un martillo mensajes en los árboles, o los pegaba con linimento en los bancos, en las tapias donde estaba prohibido inscribir publicidad, en las cabinas telefónicas, en las servilletas de los bares; era un artista de la calle, y cuando se cansaba de merodear por los paisajes urbanos, iba a la playa de la Barceloneta, por ejemplo, y escribía en la arena, siempre la misma frase, el mismo mensaje estúpido en todas partes:

«Alguien está aquí».

Ese «alguien» era, por supuesto, él, que siempre estaba allí, o aquí, o allá, pero estaba; estaba siempre, con su sucia gorra al revés; parecía socio del improbable club de los que quieren estar presentes en todo y siempre ignoran que, por mucho que procuremos estar en todas partes, son muchas las otras partes en las que no estaremos jamás. Pero no. Al acercarme más pude ver que la miopía me había vuelto a tender una trampa aquella mañana, esta vez una trampa monumental. Porque vi que aquel tipo no era para nada Balfour. Quien se encontraba en la puerta de la parroquia era alguien con un aire a lo Balfour, sí, pero en realidad muy distinto a él en todo tipo de detalles, porque, para empezar, no llevaba la locura inscrita en el rictus de su rostro.

A tres pasos ya de aquel tipo, me quedé de piedra al descubrir quién era. El paso del tiempo parecía haber depositado sobre él una especie de motas de polvo que le daban un aire más ceniciento a su figura. Pero no había polvo en su bigote, entre otras cosas porque no llevaba bigote. Iba, eso sí, vestido como debería haber ido vestido el pintor Vergés y no se le había ocurrido hacerlo: vestido de viajero del último viaje. Porque, en lugar de ir con una buena camisa, llevaba una que, sin serlo, parecía una camisa de fuerza. Era Rainer, sin duda, era Rainer aquel viajero del último viaje. Era Rainer, sin bigote y con un aire extraño, triste, como si alguien acabara en aquel mismo momento de arruinarle la vida. Y uno podía imaginarse que, en el momento en que consiguiera verle andar más, se configuraría en él su «insaciable no yo», esa forma ambigua de decir «no estoy aquí, pero estoy».

Todos queremos que nos encuentren, pensé al advertir, con susto, que, aunque él tratara de ponerme difícil que le reconociera, era él. Era el autor distante y, en el fondo, aunque muy en el fondo, seguro que estaba esperando a que le reconociera. Era en el fondo ridículo que, habiéndose pasado veinte años buscando precisamente lo contrario, estuviera en ese momento tan pendiente de ver si le reconocía. Pero no estaba claro que esperara eso. Por unos segundos quedé confundido, hasta que traté de borrar de mí la primera impresión que había tenido al verle, puesto que era de un tópico subido: motas de polvo y aire ceniciento...

Pero no conseguí borrarla. Es más, ha permanecido en mí desde entonces, persiguiéndome como un traicionero puñal de mi memoria, como una prueba de mis limitaciones. También fue ridícula mi actitud, ya que mi primer impulso, al descubrir que era Rainer, fue ir a abrazarle, aunque a medio camino no tuve más remedio que desistir al captar no sólo su gélida sonrisa, sino también la mirada de profundo enojo que tuvo a bien dedicarme. Me quedé a sólo dos metros de él y en cuanto empezó a hablarme de usted tuve la impresión de que me aguardaban momentos duros que tendría que tratar de reconducir como me fuera posible.

—¿Así que usted piensa que, debido a que vivo en el infierno, no estoy muy convencido de lo que escribo? —preguntó desafiante.

Parecía que hubiera llegado a la iglesia bien armado y preparado para la trifulca.

Yo no le había dicho exactamente aquello, aunque sí era cierto que le había enviado un correo preguntándole si no tenía la sensación de haber pasado veinte años en el infierno. Quizás había leído esto con mayor profundidad de la que yo había previsto que leería la frase y había entendido que le insinuaba que el infierno para él era no saber nada acerca de su propia obra.

Como tampoco estaba tan mal que hubiera entendido esto (porque a fin de cuentas era lo que yo en verdad pensaba), le contesté como si realmente le hubiera dicho a bocajarro aquello tan punzante y le expliqué que simplemente había querido referirme a la columna vertebral de su obra, al notable trabajo con las citas que había en ella. Hizo como que no me entendía y entonces le comenté que para mí él había defendido con gracia la estructura intertextual de su obra ante quienes la atacaban, pero sospechaba que nunca había creído del todo en el método empleado para que las frases ajenas lo vertebraran todo.

Enseguida vi que había ido demasiado lejos y atravesado líneas rojas a la hora de reanudar una conversación que, fuera de los correos escritos, llevaba veinte años congelada. Pero la culpa había sido exclusivamente suya, de su pulla inicial y de aquel impresentable trato que, ya de entrada, me había dado y que había buscado que me sintiera únicamente un pobre siervo.

Pero es normal que no entienda del todo el método aunque lo defienda, dijo Rainer. ¿Y por qué era normal que no lo entendiera? Porque era imposible, dijo, ser un buen artista y a la vez ser capaz de explicar de manera inteligente su trabajo.

Y cuando le dije que su frase era ingeniosa, pero aquel tipo de exhibiciones no me impresionaban, dijo que, en efecto, su frase era ingeniosa, pero no era suya, sino de John Ashbery, porque él no llegaba a ser tan listo como Ashbery, aunque yo aún lo era menos que él y que Ashbery, aunque ya fuera sólo porque me lo impedía mi conocido mal.

Me quedé helado y ni le pregunté a qué mal se refería, porque era inútil que yo simulara que no sabía de qué me hablaba. Porque todo el mundo sabía, siguió diciendo, que mi mal, mi enfermedad, sólo tenía un nombre. Hizo una pausa y dijo:

—Paranoia.

La palabra me azotó la cara como si fuera una ola gigante de insolente fuerza. Con fatiga de vivir en mi mente, la deletreé en silencio: Paranoia. Fue un golpe bajo, porque si bien había padecido algunos brotes de ella a lo largo de mi vida, no menos cierto era que se trataba de un mal que había intentado combatir a fondo. Y si bien era aceptable que quisiera recordarme de qué mal cojeaba, recordar mi punto débil a la primera de cambio y con todas las letras de una palabra tabú para mí me pareció profundamente miserable de su parte.

Como el golpe me dejó noqueado, traté de vengarme mirándole de arriba abajo y de abajo a arriba, sólo para corroborar al menos la impresión —paranoica o no— que había tenido nada más verle aquel día: la de que le había dañado el hecho mismo de haberse escondido por tanto tiempo; quizás no andaba equivocada tía Victoria cuando insinuaba que había algo insano en los escritores que se escondían con delirio, pues, por lo general, la invisibilidad solía llevar al centro de las tinieblas y a los *soles negros* de los alquimistas.

Y dígame, me interrumpió Rainer con gesto de reproche, ¿por qué no me envió usted nunca frases de Michaux?

Fue otra pequeña victoria suya, porque la pregunta sólo logró descolocarme y, además, tenía todo el aspecto de querer unirse a la creación deliberada de una atmósfera muy tirana que me tuviera permanentemente inmovilizado, como esclavo perfecto, a los pies de Su Señoría.

Con ser irritante aquello, aún más lo era el repugnante no tuteo, porque trataba de insistir en borrar algo que debería haber sido visto siempre como sagrado: la fraternidad. Y lo cierto era que, si andaba buscando recrear las luces de una imaginaria fría oficina, lo estaba logrando con creces, porque yo cada vez parecía creerme más que nos habíamos pasado la vida los dos en un departamento, compuesto por dos gélidos y horribles despachos vecinos.

No le había enviado nunca frases de Michaux, pero no veía el problema, dije con la voz de la inocencia. Y se lo comenté pensando en que a fin de cuentas tampoco le había enviado citas de otros autores que tal vez también habrían merecido ser nombrados en algún momento. Y de pronto me acusó de haberme concentrado en una élite de escritores y haber dejado fuera a todos los demás. Era tan descabellado aquello que comprendí de golpe que, tal como me había parecido ver ya en un primer momento, él se había presentado bebido a la cita; de ahí seguro que procedía la inalterable presencia de lo malintencionado en casi todo lo que decía.

Bebido o no, sus palabras lograron verdaderamente molestarme: cabía suponer que habían sido dichas sólo para reducirme aún más a mi condición de puro subalterno. Pero protestar por el trato sólo podía acarrearme problemas porque, me gustara o no, yo era Van Gogh; es decir: no podía olvidarme de que en el fondo Gran Bros me tenía a sueldo desde hacía años y que ya me había propasado demasiado con él con mis últimos correos, un tanto osados. Me convenía volver a mi —diría que casi congénita— humildad habitual.

Aun así, no quise bajar la cabeza.

Con todos los respetos, dije, me gustaría saber qué diablos ha visto usted en Michaux que pudiera a los dos importarnos tanto.

Nada que sea de su incumbencia, contestó tajante.

Y luego, con aires de tratar de rebajar la tensión, pero en realidad elevándola, seguramente porque me veía de pronto muy quieto, me preguntó si yo era un mojón.

No quise pedirle que repitiera aquello, porque supuse que era lo que estaba esperando: que hiciera un monstruoso ridículo al preguntar por qué me llamaba de aquel modo.

—Simon Schneider —dije tendiéndole la mano.

—Thomas Pynchon —respondió al instante.

23

¿Pretendía que yo creyera que era Pynchon o simplemente buscaba reírse de su amanerada invisibilidad de dos décadas?

Reaccioné rápido, pero con torpeza. Como manejaba unos cuantos datos —no muchos— sobre la obra de Pynchon, le pregunté si no creía que la paranoia tenía que ser tratada del mismo modo que el ajo en la cocina, es decir, que la paranoia —centro de toda la obra de Pynchon— había que saber dosificarla.

No sabe cuánto me alegra oírle esto a un reconocido sabio en la materia, dijo. Y enseguida me maldije a mí mismo por haberle dado en bandeja aquella nueva oportunidad de maltratarme. Aun así, queriendo insistir en mostrarle que algo sabía sobre Pynchon, le formulé la pregunta que Oedipa Maas hacía en *La subasta del lote 49*.

—Y dígame usted, ¿por qué las cosas deberían ser fáciles de comprender?

No le sorprendí. Pues sí, dijo, reconozco la frase como mía. Pues no, le dije, no es suya, es de Pynchon, y usted de Pynchon no tiene nada, yo me entrevisté con él hace años en Nueva York —inventé esto, claro— y usted sin duda no es la misma persona que vi aquel día.

Bueno, dijo, no va usted mal encaminado, no soy el escritor Pynchon, sino el jefe de seguridad de míster Bros. No sabía a qué estaba jugando Rainer, si quería divertirse conmigo o aplastarme, o las dos cosas a la vez. Hubo un breve silencio, por mi parte, y quedé pensativo, como si me estuviera yo pareciendo cada vez más a Molloy en su faceta de ser un mojón y quedarse inmóvil y reflexivo. Y como supongo que entenderá, dijo Rainer, hemos tomado precauciones, porque hay que preverlo todo y no queríamos arriesgarnos a que se nos presentara hoy usted aquí con un escuadrón de periodistas. Claro, claro, le dije, créame que le comprendo, no podía usted fiarse de mí. Eso no quita que me llamo Pynchon, insistió. Igual que el escritor, ya he comprendido, dije. Sí, señor, dijo, igual que el escritor al que protejo. Habría querido decirle que acabara ya con tanta farsa, pero acabé refugiándome en mí mismo y volviendo a acordarme de aquella cita de Beckett: «¿Y su mamá?, dijo el comisario. Yo no comprendía. ¿También se llama Molloy?, dijo el comisario. ¿Se llama Molloy?, dije. Sí, dijo el comisario. Quedé pensativo».

—¿Así que también se llama Pynchon? —le pregunté, para al menos divertirme yo un poco también.

—Pues sí, lo que me permite decirle que del mismo modo que usted no ignora que trabaja para mí, yo, que me llamo Pynchon, no ignoro que trabajo para Pynchon. ¿Ve usted ya por fin por dónde voy?

Quedé pensativo.

No, no podía ver por dónde iba, sólo acertaba a ver que su forma de ir de un lado a otro en lo que me iba diciendo me estaba recordando al estilo literario de Rainer Bros que tía Victoria había criticado tanto la noche anterior: aquellos cambios repentinos de temas, la voz propia tan volátil, y esa permanente conciencia de *ser dos* que reflejaba en todo momento la mente del autor... Y, sobre todo, aquella permanente tensión que se daba en sus textos y que, por lo que podía ver, se daba también en su propia vida privada: la tensión por no saber si encarnar el rechazo a la escritura y la consiguiente renuncia a ella o tener fe en la literatura y ponerle a todo alegría y continuar escribiendo. Siempre estaba esa tensión en lo que escribía, siempre preguntándose, al principio, si escribir o no escribir, y más tarde, cuando ya era una evidencia que escribía, si seguir o no seguir. Si tener fe o tirar la toalla, enviarlo al diablo todo, *that is the question,* aquélla era la cuestión, su tema central: la fe en la literatura, cómo conservarla en una época en la que la Red, como un tratado de antropología global, lo sabía todo de nosotros y suplantaba a los escritores en su tarea.

Una hora después, en el jardín del hotel Alma, al que nos desplazamos porque era donde dijo que se hospedaba, me encontraba yo tratando de resumirle, sin duda con un énfasis excesivo en los pequeños detalles, lo que había sido mi vida en las últimas horas, desde el viernes por la tarde hasta entonces. Y en mi exhaustivo recuento me había detenido especialmente en el que había sido el momento de mayor angustia —mi gran fatiga de vivir en mi mente y el dramático bloqueo en mitad de una frase, allá en el caserón—, pero también había sabido detenerme en la ferretería del sombrío Ferragut, en la historia de cuando me refugié en la cabina trágica de Pascoaes, le di todo tipo de descripciones del infierno —la carretera que separaba Cadaqués del mundo—, la tremenda noche vietnamita en la casa de tía Victoria, mis pánicos y escasas alegrías de subalterno humillado (ahí me recreé en mi desgracia y él me miró como pensando que exageraba), en mi inquietante actividad de agente o ángel de las desapariciones...

En vez de preguntarle por él y por su horario de hombre oculto que en realidad tanto despertaba mi curiosidad, me había dedicado a contarle, con abundancia de detalles, mi vida, la de las últimas horas. Y de pronto me preguntó —parecía que lo hubiera meditado mucho antes— si no pensaba yo que escribir ficción era otra forma de pensar.

Quedé pensativo.

No soy nadie para contestar a esto, acabé diciéndole, al tiempo que por primera vez reparaba en que los tres whiskies que ya se había tomado, allí en el bar del jardín, habían empezado a causarle ciertos estragos. No sabía yo por qué diablos me había obstinado en imaginar que con el tiempo él se habría vuelto más moderado con el alcohol cuando las posibilidades de que eso no fuera cierto eran muy altas. Le miré en silencio, quizás buscando —sabiendo lo inútil que sería intentarlo— que frenara su adicción a los whiskies. Lo miré y vi que, en un movimiento que me pareció muy estudiado, sacaba de su bolsillo un estuche con unas gafas y se las colocaba, como si quisiera verme mejor. Sus lentes no podían ser más parecidos a los que usara Padre en sus últimos años. Excúseme, dijo, no buscaba que se diera usted por aludido. Frase rara, sin sentido. ¿Aludido yo de qué?, pregunté. Vi que era justo lo que esperaba que le preguntara, pues había dicho aquello sólo con el fin de tener una excusa para a continuación quitarse las gafas. Y era como si, al igual que pasaba con Padre, él fuera muy consciente de que aquel gesto con los anteojos le servía para realzar su expresión analítica y su actitud de alerta mental.

Pero es que no me he dado por aludido, le dije, siguiéndole la corriente. Y hace bien, porque no hablaba de usted, dijo. Y añadió: sólo quería hablar de la manía de escribir ficciones teniendo como tenemos tan a nuestro alcance lo real.

¿Gran Bros a favor del realismo y contra las ficciones? ¡Sólo le faltaba a él aquella impostura! Y sin embargo él no daba señales de pasarlo mal con su rara patraña. Todo lo contrario. Parecía disfrutar con la farsa y especialmente con aquel tipo de relación que teníamos. Era como si le encontrara una gracia infinita al hecho, por ejemplo, de que siguiéramos los dos sin tutearnos. Y yo, por mi parte, había empezado a no encontrar incómodo e inquietante aquello. De hecho, había empezado a tener la impresión de que a ninguno de los dos nos interesaba ya demasiado romper un tratamiento protocolario que nos estaba llevando a descubrir el placer de añadir de pronto, casi gratuitamente, unas cuantas gotas de teatro frío a nuestras vidas.

El teatro frío de los Schneider, pensé.

De algún modo, me decía yo, aquella extraña y tan rancia cortesía de corte tan antiguo nos convertía en seres libres, porque, por paradójico que pareciera, nos eximía de ciertas obligaciones plúmbeas; nos libraba de cargantes convenciones, y la primera de la que, a todas luces, nos libraba era de la obligación de tener que ser tan rigurosamente hermanos.

24

Pero no todo era teatro allí, pues era obvio que Rainer no había viajado desde tan lejos sólo para pasar un rato conmigo hablándome de usted. Más bien, tal como fui viendo, había viajado con el único fin (por mucho que luego lo maquillara todo como pudo) de interesarse por el patrimonio familiar, pues estaba convencido, cabía suponer que por falta de información, de que el caserón de Cap de Creus tenía un cierto valor económico y que le correspondía la mitad de la herencia. Al captar con toda claridad que ésta era inexistente y que lo que habíamos heredado eran sólo un conjunto de piedras, de ruinas, mantuvo la compostura, no movió un solo músculo de la cara, encajó la noticia con una serena mueca impenetrable, y no negaré que hasta elegante.

Pasemos a otro asunto que también me interesa, dijo. Y me pidió que le acompañara en su visita a la tumba de nuestros padres. Lo decía, intuí enseguida, sólo para disimular y para que se borrara rápidamente de mi mente su bochornoso —seguro que le sobraba el dinero— interés por la herencia.

Le pregunté si sabía que estaban enterrados en Cadaqués. Y no, no tenía ni idea, ni se lo había planteado. Quisiera recordarle, dije, que para usted, al menos es lo que ha escrito, Cadaqués es un pueblo tan muerto como irrelevante. Sí, lo sé, y usted es ese personaje insignificante que vive en él, dijo y se quitó las gafas y volvió a ponérselas, y luego volvió a quitárselas y llamó a la camarera para pedirle el cuarto whisky y me pareció que le desesperaba, al igual que le ocurría veinte años antes, que yo fuera un abstemio tan firme.

No importa, dijo finalmente, iré hasta Cadaqués, es vital para mí y, además, puedo cambiar de opinión sobre usted. Me pareció que cada vez disimulaba peor su contrariedad por la ausencia de herencia, pero era tal su obstinación en ir a Cadaqués que me tenía desorientado, quizás era auténtica su necesidad de visitar la tumba de sus padres. Tenía, dijo, remordimiento por cómo había ido en los últimos años su relación con ellos, y había descubierto que no podría vivir en paz consigo mismo si, como mínimo, no depositaba un ramo de flores en el panteón familiar.

No había tal panteón, sino una tumba sin flores, pero no me concedió la oportunidad de corregirle, porque volvió a obstinarse en su necesidad absoluta de acercarse a Cadaqués y, sofocando el odio que había sentido hacia nuestros «benditos padres», darles, aunque fuera tardíamente, la razón en todo, la razón en la gran mayoría de las disputas que había tenido con ellos, pues a fin de cuentas había sido siempre él, lo reconocía, una persona egoísta y hasta cruel y merecía que le hubiera ido siempre tan mal con la familia. Era consciente, dijo, de haberse equivocado en muchas cosas y de haber sido sólo un alma bondadosa en los años de su extrema juventud, cuando era hippie y angelical y tomaba ácidos y hachís y en su inocencia lo esnifaba todo y era simplemente un pobre tonto.

No sabía si tenía que creerle y de ahí que no supiera tampoco qué decirle, porque daba y no daba la impresión de que quería ir a Cadaqués aquella misma tarde. Le miraba yo incómodo por tener que resolver aquella cuestión, y eso me llevó a recordar que tenía precisamente algo pendiente por aclarar con él lo antes posible: saber si pensaba proseguir con «la financiación de Van Gogh». Debería haber esperado más a plantearle aquello, pero de nuevo cometí un error y me lancé a decirle que me convenía saber cuanto antes si —empleé ahí un ridículo eufemismo— continuaba la colaboración profesional entre los dos.

Me miró con un odio que daba pánico y luego, por sorpresa, de repente, me dedicó una sonrisa de conmiseración mientras volvía a quitarse las gafas, esta vez con gran calma, reproduciendo casi con exactitud la gestualidad de Padre. Largo silencio. Hasta que dijo que no sabía de qué le hablaba. Tuve que recordarle lo que uno de sus personajes secundarios, Torth, decía acerca de «la financiación de Van Gogh» en *A New Future is Good Business*. Comprendo, dijo bajando la cabeza. Y pensé que no iba a decirme nada más sobre el asunto cuando me explicó que me había estado pasando durante tantos años aquel sueldo no por mi buen trabajo como ayudante, sino por una superstición, porque una gitana de East Side, recién llegado a Nueva York, le dijo que tenía que enviar una paga de vez en cuando a un familiar durante veinte años exactos, ni uno más y ni uno menos, si quería que los negocios en Nueva York le fueran bien.

No podía creerlo, pero fui viendo que cuanto me decía de la gitana tenía todo el aire de ser rigurosamente cierto y, además, justificaba bien aquel gesto tan extrañamente generoso que él había tenido conmigo durante tanto tiempo.

Sucedió, dijo, que, recién llegado a Manhattan, las cosas cada día le iban peor y entonces se le ocurrió probar a hacerle caso a aquel oráculo y me envió esa suma a toda velocidad, y lo impresionante fue que en menos de una semana las cosas habían cambiado de forma tan sorprendente para él que desde entonces ya nunca pasó por su cabeza interrumpir, antes de que se cumplieran aquellos veinte años exactos, el envío de la minúscula paga.

Comprendí que como los veinte años justos de los que había hablado la gitana habían llegado a su término, el plazo de la echadora de cartas de East Side había concluido. Había desgracias peores, me dije para no perder los ánimos que aún me quedaban a aquella hora. Pero lo último que me esperaba fue lo que ocurrió: de golpe, Rainer, algo desbocado, arrojó sus gafas a una maceta cercana, como si se hubiera cansado de ellas, o simplemente quisiera de pronto perder de vista el mundo. Para conservar al menos yo la calma, como quien reza para sí mismo una oración y así tranquilizarse, me acordé de unas palabras de Joe Brainard en su libro *Me acuerdo*: «Me acuerdo de haber arrojado mis lentes al mar, desde el ferry de Staten Island, en una negra noche de drama y depresión».

Me dije: voy a verlas venir mientras me acuerdo todo el rato de Brainard y de su ferry de Staten Island. Fue mi modo de protegerme. Un artista citador, pensé, tiene que saber encontrar en las citas soluciones para todo. Estaba diciéndome esto cuando vi que Bros no sólo estaba sin lentes sino también con su rostro plenamente a la vista de cualquiera, porque se había quitado también la gorra, que descansaba ahora a sus pies. Por un momento, pensé en agacharme y recoger del suelo la gorra y dársela. «Ahora comprendo por qué he tenido que situarme a ras de suelo para lograr tener una cierta sensación de supervivencia», recordé que decía un personaje de Carson McCullers.

Finalmente no me agaché, dejé que siguiera allí la gorra, descansando sobre los guijarros del jardín. Miré a Rainer para ver si tenía intención de recogerla y vi que el aspecto que tenía, al menos a mis ojos, era el de un gran tarado sin sentimientos, y para verlo así bastaba con recordar la más que probable farsa que había montado en torno a su visita a la tumba de Cadaqués.

Volví a mirarlo, esta vez con mayor detenimiento, y confirmé que allí estaba el gran tarado universal y me vino a la memoria que sólo dos días antes me había escrito en su correo desde Nueva York: «No faltes. Ya es hora de que vea tu cara». Y pensé que era yo quien en aquel momento tenía el privilegio de verla y que ésa no era la clase de cara que precisamente había esperado ver. Y mientras pensaba en esto, un Rainer recalcitrante, pero sobre todo insoportablemente circense, volvió a la cuestión un tanto rara de «la visita al panteón familiar» y al tema del «ajuste de cuentas consigo mismo», el gran ajuste con su «conciencia intranquila». Y de nuevo estuve a punto de explicarle que no existía tal panteón y sí un triste puñado de tierra removida en las afueras de aquel pueblo que él —nunca había yo podido olvidarlo— había calificado injustamente de «muerto e irrelevante».

Sin embargo, lo pensé dos veces y al final preferí no corregirle. Jamás había podido enderezar la relación con nuestros padres, vino a decirme, ni en realidad había tenido ganas alguna vez de encauzarla, pero necesitaba sentirse en paz con ellos, con los muertos, tener un encuentro a pie de tumba y en sigiloso monólogo poder decirles, con cariño, lo que tendría que haberles dicho en vida.

Pregunté —me sentía muy enojado ya— qué se suponía que tendría que haberles dicho en vida. Que los quería, respondió. Y esto último, por haber alcanzado para mí las cimas de la falsedad de todo lo que me había venido diciendo de nuestros padres, lo juzgué ya intolerable. Decidí frenarle, intervenir de golpe. Pero ellos sólo me querían a mí, dije, con un tono casi infantil que me debilitó ante él, que a partir de aquel momento debió de verme más vulnerable incluso de lo que había esperado encontrarme.

Rainer permaneció impasible por unos segundos, y luego recogió la gorra del suelo, y volvió a ponérsela, y esbozó un gesto de displicencia que terminó siendo de amargura. Que sólo te querían a ti era lo que tendría que haberles reprochado, dijo, pero nunca los regañé por algo así, no quería pasar por envidioso, aunque me acuerdo de que cuando cerraba la puerta de su venenoso hogar y bajaba la escalera comenzaba a pensar lo que tendría que haberles dicho y había callado.

Sus palabras, aparte de confirmarme que su petición de visitar la tumba de Cadaqués era toda una farsa, hicieron acordarme de golpe del «espíritu de la escalera», de esa expresión francesa, *l'esprit de l'escalier*, que significa encontrar demasiado tarde la réplica: pasar por ese momento en el que encuentras la respuesta, pero ésta ya no te sirve, porque estás bajando la escalera, y la réplica ingeniosa deberías haberla dado antes, cuando te encontrabas arriba.

Rainer parecía haber acumulado, a lo largo de su vida, un ánimo de venganza hacia un gran número de cosas, para empezar hacia el «venenoso» hogar paterno. También yo, por mi parte, tenía mi «espíritu de la escalera», en mi caso más escondido y, a diferencia de mi hermano, más centrado en una sola cosa: una sigilosa ansia de venganza contra él, contra mi hermano, contra Rainer, por sus repetidos menosprecios a lo largo de los últimos veinte años, y especialmente en la hora y media que llevábamos juntos aquel día.

Rainer, en cambio, iba a tener mucho trabajo si un día se decidía a poner en marcha el motor de venganza de su personal «espíritu de la escalera». Porque daba la impresión de sentir resentimiento por una sin duda excesiva variedad de asuntos, la mayoría de los cuales habían ido aflorando en la hora y media que llevábamos juntos. Porque había resentimiento en Rainer hacia Cadaqués, por lo mal que le habían tratado cuando era joven, por «haberle empujado a beber y a drogarse», lo que pensé que era a todas luces una acusación, por su parte, muy arbitraria e injusta. Pero es que había resentimiento también hacia una multitud de minucias. Entre sus rencores más curiosos y significativos estaba el que sentía por una jovencita que, no hacía mucho en Manhattan, sin saber ni en broma que le hablaba a Gran Bros, le había dicho que cuando uno lo que hacía era vender sus éxitos y convertirlos en una mercancía y cuando en lugar de un espacio de reflexión literaria afloraban sólo los elementos de exportación de unos textos convertidos en los productos que escribía un tipo invisible, uno acababa convirtiéndose sólo en una marca, en la marca Bros, por ejemplo.

Quizás lo único que en realidad le ocurría a Rainer, pensé, se relacionaba con algo que ya había dicho Séneca en su momento y que a continuación habían repetido o traducido una multitud de almas plagiadoras de todos los tiempos. En su versión más sencilla y a la vez más potente la frase decía esto: «Situarse en la cumbre sólo trae problemas».

25

Vivía, dijo de pronto Rainer, en un duro estado de angustia que se le había disparado especialmente en los últimos tiempos en Nueva York a partir del momento en que comprendió que había caído de forma escandalosa en la trampa de creerse que era todo un escritor. Y por unos momentos su frase me llevó a acordarme del drama de los narradores burgueses que se hacían con una posición en la sociedad y expulsaban a los verdaderos escritores, aquel drama del que en su momento había hablado Canetti. Si estaba Rainer pensando que me había robado el sitio, que me había expulsado para ponerse él en el trono, estaba haciendo el ridículo, pensé. Pero en realidad no había ningún indicio de que pudiera pensar algo de ese estilo y más bien una cosa como aquélla sólo podía pensarla yo, que probablemente envidiaba la posición de Rainer.

Y viendo lo mustio que había empezado a quedarse —como si se hubiera vaciado demasiado al confesarme su duro estado de angustia—, volví a preguntarle de qué trampa hablaba. Entonces, despacio, fue a recoger en la maceta sus gafas y volvió más animado, lo que me animó también a mí, pero duró poco porque, tras un súbito y largo y casi salvaje trago de whisky, se quedó de nuevo medio mirando literalmente a las nubes. Y todo indicaba que podía eternizarse en aquella posición cuando reaccionó, aunque para dar un manotazo al aire, como si espantara moscas o quisiera apartar algún fantasma. Y me pareció entonces presenciar, en directo y a cámara lenta, cómo su cerebro registraba la entrada de una idea inesperada y él se quedaba conectado fulminantemente a una extraña alegría, que pronto se mudó en una especie de mueca, un siniestro mohín, producto directo del ya demasiado alcohol. Pero con mueca o sin ella, su rostro lo decía todo, era inmensamente transparente: acababa de tener una gran idea. Y ésta cayó de pronto sobre mí como un latigazo seco, duro, implacable.

Con lo que a mí me había ocurrido desde el viernes, dijo, quería escribir una novela de no ficción.

¿Una no ficción sobre mis desolados pasos en aquel fin de semana de octubre?

Al quedarme tan pasmado ante esto, aprovechó para decirme que juzgaba de interés público contar fielmente, sin faltar nunca a la verdad, los avatares por los que cruzaba, a lo largo de un fin de semana, «un recalcitrante anotador de lo ajeno y maniático de las citas, el último sobreviviente de la literatura».

¿Sobreviviente? No podía creer lo que acababa de oír, porque no me veía de aquella forma, y menos aún como un recalcitrante coleccionista y anotador de lo ajeno. Y creo que si, después de decir aquello tan horrible, él se hubiera tapado la cara y hubiera estallado en un llanto o en una gran risa, me habría hecho un favor, porque habría quedado todo en una broma, y se habría olvidado pronto. Pero no, por desgracia no se tapó la cara para nada, ni tampoco me dijo que estuviera jugando conmigo y burlándose de mí por el puro placer de burlarse y humillarme una vez más. Nada de eso dijo y sólo dio a entender que aquello iba muy en serio y que yo no podía olvidarme de que seguía estando a su servicio.

—¿O no trabaja usted para mí? —preguntó, como si le fuera la vida en ello, o como si la gitana de East

Side estuviera allí mismo, sentada en la mesa de al lado con su bola de cristal, y le estuviera conminando a preguntarme todo aquello para saber si tenía que recomendarle o no que me prorrogara «la financiación de Van Gogh».

La respuesta que yo habría querido darle era: perdón, trabajo para usted, en efecto, pero no vivo para darle trabajo a usted y que luego tenga que escribir acerca de lo que yo vivo. Y sin embargo, en lugar de responderle esto, me limité a decirle que me había producido un efecto pésimo la idea de convertir mi vida en una no ficción. Y él entonces fingió enseguida que cambiaba de tema —aunque en realidad ni un milímetro iba a moverse del camino implacable iniciado con su propuesta— y comenzó a hablarme de algo que en un primer momento pensé que no tenía relación con lo que hablábamos; comenzó a advertirme de que todo aquello que alguna vez había oído yo decir de Thomas Pynchon, como, por ejemplo, que no era un solo escritor, sino una selecta cadena de autores que se habrían ido relevando en su juego de ir traspasándose el nombre de Pynchon, todo aquello que alguna vez había yo escuchado y que quizás me había parecido verosímil por mucho que no hubiera podido nunca confirmarlo, todo aquello, siguió diciendo, podía darlo ya por completa y absolutamente cierto, pues él mismo, sin ir más lejos, él mismo, allí donde yo le veía, Rainer Bros, por la gracia de Dios, había formado parte de esa cadena, había sido y seguía siendo miembro de esa organización secreta, y la prueba era que él había escrito íntegramente *Inherent Vice*, la penúltima novela de Pynchon.

—El drama —dijo en voz más baja— estriba en que escribí la novela más lisa, la de trama más sencilla de todas las de Pynchon, y arrastro esa vergüenza.

Era el único responsable de que *Inherent Vice* («Vicio propio») fuera tan plana, tan simple. Y en verdad que aquello era horrible, dijo, pero el hecho era ya incontestable: no había sabido canalizar algo que tenía bien fácil de llevar a cabo, muy especialmente gracias a sus años de hippie en Cadaqués y otras experiencias de la época con tanta cocaína, LSD y marihuana y tan desmesurado conocimiento de la necedad general de su generación.

No quería engañarse: cuando le llegó el gran reto, cuando le llegó el gran día y la gran hora de secretamente ser Pynchon, no había sabido estar a la altura. No podía saberlo yo pero, por lo visto, algunos críticos norteamericanos incluso habían detectado delatadores toques «hispanos» en la prosa de Pynchon y uno de esos críticos, cargado de misteriosa intuición y talento, había dicho que, a lo largo de

Inherent Vice, había tenido la extraña sensación de reconocer todas las frases del libro como pynchonianas sin sentir que las había escrito Thomas Pynchon, «como si alguien hubiera querido imitarlo sin poseer su propio cerebro, de manera que pudiéramos tener a cada instante, de un modo convincente, sus pensamientos y sus reflexiones exactas».

Había sido tal el desastre que la organización secreta había buscado enseguida a otro escritor para publicar lo antes posible una nueva novela de Pynchon, *Bleeding Edge*, tratando así de borrar la mala impresión causada con *Inherent Vice*.

Y por si no lo sabía, me dijo —y desde luego yo no lo sabía—, algunas de las citas que por aquellos días le había yo enviado habían entrado directamente en aquel libro del gran Pynchon, y quizás yo aún podía acordarme de algunas de ellas, de algunas de mis intervenciones involuntarias; todo tipo de frases sobre los delirios más variados, ácidos lisérgicos y payasadas hippies de aquellos años; intervenciones mías involuntarias, porque nunca fui informado de que algunas de las citas que enviaba iban a formar parte de una novela de Pynchon, pero quizás me acordaba todavía de ciertas frases sobre el LSD y otras fanfarrias. Podía echarle, si quería, dijo Rainer, una ojeada a *Inherent Vice* y comprobar que allí estaban mis citas y así comprobaría que no le engañaba, que él era el autor de aquel libro fallido y yo, por tanto, estaba ante un ser humano que era un trozo de Pynchon.

Dijo eso: un trozo de Pynchon.

Me hizo reír.

Y creo que si me hubiera dicho que yo estaba ante un trozo de pastel de Pynchon, también me habría reído igual. Después de todo, por lo que acababa de oír, Pynchon era un pastel compuesto de diferentes ingredientes y autores. Del autor norteamericano yo sólo había leído *La subasta del lote 49*, lo había abordado a principios de los años ochenta cuando se había publicado en España y me había divertido con el personaje de Oedipa Maas, aunque no había acabado de entender de qué se hablaba en aquella novela tan complicada y, además, tan mal encuadernada en la edición española...

Andaba pensando en este tipo de cosas cuando me preguntó en qué pensaba y preferí decirle que meditaba sobre lo difícil que era para mí saber cuándo él decía la verdad o no, ya que uno, escuchándole contar aquella inesperada historia, iba a parar al mismo problema que tenía siempre todo aquel que, por ejemplo, creía haber conocido en alguna fiesta a Pynchon y luego dudaba de haber estado o no junto al verdadero Pynchon. Con el agravante en mi caso, dije, de que uno normalmente no podía llegar a creer nunca que su hermano fuera precisamente Pynchon, y ni siquiera que hubiera podido ser por un tiempo una parte de Pynchon, por mucho que su hermano insistiera en que lo había sido. Pues ya lo ve, dijo Rainer, también usted, en cierta forma, es y ha sido un trozo de Pynchon.

Y un trozo de Bros, por la gracia de Dios, pensé, sin llegar a decirlo.

Y como quiera que se notaba que algo me impedía acabar de creerle, sacó directamente de un bolsillo de su chaqueta una página arrancada de *Inherent Vice* y me la mostró para que viera que yo estaba plenamente implicado en su confección, pues había palabras como *toloache* que era difícil que no provinieran de mí. Tenía que acordarme, dijo: de joven le había hablado yo, largo y tendido, de cuando en mi viaje a México en los años ochenta había vivido en un sitio sobre el que había caído una maldición y en el que, encima, una novia mexicana me había dado *toloache*, la planta que enamora. Un lugar, dijo, al que yo había bautizado como «el jardín del diablo», en memoria de un western de Henry Hathaway.

Me leyó aquella página arrancada de *Inherent Vice* —cabía suponer que sólo para mostrármela a mí, no se sabía con qué fines— y me pareció que, en efecto, contenía aportaciones mías, no podía sonarme aquello más familiar: «Este sitio está maldito desde el principio —le decía a quien quisiera escucharle—. Los indios vivieron aquí hace mucho y ya tenían un culto con drogas, fumaban *toloache* que es lo que nosotros llamamos *jimsonweed*, les producía alucinaciones, se engañaban pensando que visitaban otras realidades...».

—Y dime, ¿no era *jimsonweed* lo que fumabas cuando te engañaste a ti mismo volviendo a pasear por Amarante? —me preguntó Rainer.

Había pasado a tutearme, lo que, ante todo, me situó en posición total de alerta.

Y repitió la incordiante pregunta:

—¿No era *jimsonweed*? Venga, suelta la verdad.

Había vivido en México, le dije, pero no me había dedicado, como él siempre había creído, a consumir ese tipo de drogas que con facilidad te transportaban a lugares irreales, poblados de fantasmas. De hecho, sabía qué clase de drogas eran, pero nunca había necesitado de ellas, nunca había necesitado tomar *toloache*, ni *jimsonweed*, o como diablos se llamara aquello, para encontrarme de pronto en espacios cargados de energía de ausencia, sembrados de desaparecidos. Otra cosa, dije, era que por las circunstancias que fueran me hubiera inventado que había tomado *toloache*, quizás lo había inventado sólo para deslumbrarle a él en su momento, para que creyera que le superaba en capacidad de desenfreno.

Entonces quiso que al menos reconociera que, aun sin darme cuenta —de eso él estaba seguro: de que no me había dado ni cuenta—, yo había participado en aquella página de Pynchon y, por tanto, estaba relacionado con el más destacado genio de la literatura de nuestro tiempo. Si sólo hubiera pretendido que reconociera esto, no habría tenido demasiado problema con él, pero, con una actitud como mínimo grotesca, pretendió también que le reconociera que, gracias a su ayuda, yo era «un trozo de Pynchon».

No era un trozo de nada y tenía tantas cosas por reconocer que no pensaba reconocerle ninguna, le dije. Y nada más comunicarle aquello, entró una señora en el jardín y, entre banderas rojigualdas, saludó a sus amigas con tal estruendo que Rainer no pudo oír lo que yo le decía. ¿Has dicho que lo reconoces?, preguntó de pronto, visiblemente feliz. No tenía ganas de repetirle nada y preferí irme por las ramas y decirle que sólo le había dicho que era tremendo. ¿Tremendo el qué?, preguntó. Ni siquiera yo acababa de saber qué era lo que debía considerar tremendo de verdad: si a la ruidosa señora abanderada y alborotadora o el *jimsonweed*. Es tremendo, acabé diciéndole, construir, como hacen en tu tierra, sobre un cementerio indio porque siempre fue el peor de los karmas posibles.

—¿En mi tierra?

Con el dedo índice, cual estatua de Cristóbal Colón, señalé hacia América.

26

Cuando insistió en que iba a convertir aquel fin de semana mío en una no ficción, yo habría dado cualquier cosa por no volver a oír aquello, porque era la peor idea que alguien había tenido en muchos años. Le cogí tanta rabia a Rainer que pasé a verle más demacrado de lo que estaba, como si estuviera pagando un precio por su exagerada tendencia —tan insana, como había dicho tía Victoria— a ocultarse más tiempo del debido de la vista de todo el mundo.

Estaba claro, me decía yo, que esconderse de aquel modo era algo que acababa pagándose caro. Tenía que comprenderle, comenzó a decirme Rainer, y ver que él necesitaba escribir un libro en cuya contraportada los editores pudieran enfatizar que todo lo que se contaba en aquella no ficción era la verdad, y sólo la verdad.

—¿La verdad de qué? —pregunté.

—¿Y qué verdad crees que puede ser? La verdad sobre cómo ha sido tu vida en este último fin de semana.

Y enseguida pasó a rogarme que le diera el permiso. Necesitaba, dijo, montar un libro de no ficción que tuviera a Cap de Creus y Barcelona como escenarios y que significara un cambio en su obra. ¿O acaso no me había yo enterado de que la no ficción estaba dejando obsoletos los modos tradicionales de creación?

No, no lo sabía, le dije, no tenía la menor noticia de esto, pero me parecía una imbecilidad, ya que para mí vivir era construir ficciones. Había, además, muchísimas razones de peso para afirmar que cualquier versión narrativa de una historia real era siempre una forma de ficción. Desde el momento en que se ordenaba el mundo con palabras, se modificaba la naturaleza del mundo...

Me interrumpió con la mano, con un gesto de desagrado, y me dijo, en tono ya decididamente obsesivo, que necesitaba escribir un libro en el que pudiera ponerse a prueba a sí mismo, inseguro como se sentía tras su fallida experiencia con Pynchon. Y por eso, dijo, necesitaba contar la vida que yo llevaba habitualmente, contar la verdad y sólo la verdad sobre mi gris vida cotidiana.

Me pareció raro que, buscando que le diera el permiso para escribir aquel libro, calificara mi vida de gris; no era una buena forma de conseguir que, a falta de sentirnos hermanos, al menos nos hiciéramos amigos. Pero la verdad no se alcanza nunca, le dije, y, además, parece que no sepas que, cuando se escribe algo que sucedió de verdad, las palabras mismas empiezan a sugerir conexiones que parecían ausentes de los hechos que describían... Es más, le dije, la trama luego toma el mando y empieza a determinar qué queda dentro y qué queda fuera, impone su propia lógica y guía al escritor...

Pero yo quiero contar, dijo, lo que has estado viviendo en estos tres días históricos, incluido tu encuentro conmigo. Parecía cada vez más entusiasmado. Y tanto lo parecía que me sentí obligado a intentar frenar sus planes diciéndole que todo aquello me sonaba a una muy enojosa injerencia en mi vida. Tenía yo que ser más confiado, dijo, y comprender que era una buena idea describirle al mundo, en clave de no ficción, la vida de un proveedor de citas como yo, alguien fascinado por estar en la sombra: la vida de un adorador de las frases sueltas, de un intertextual siempre al borde de un acantilado; la vida de un «traductor previo» que malvivía al norte de Barcelona y al sur de la nada...

¿Al sur de la nada?, pregunté y le pedí explicaciones, como indicándole que, de negarse a darlas, iba a quedarse sin el permiso que buscaba. Es bonito, pero no tiene una especial significación, dijo como excusándose. Hablaba y humillaba con demasiada facilidad, le dije. Pero no sólo hizo como que no me había oído, sino que, además, volvió a hablar y a humillarme, esta vez a fondo. Nadie en Norteamérica, dijo, era capaz de preguntarse qué clase de vida llevaba un distribuidor de citas ajenas, y es que nadie allí podía llegar a imaginarse siquiera que en la arcaica Europa hubiera personas que se dedicaran, en cuerpo y alma, a archivar citas mientras a su alrededor los amores, los familiares y los amigos iban desapareciendo.

—¿Desapareciendo?

—Sí, tú mismo me lo has contado. ¿No querrás ahora negarme esto? A tu lado desaparecen todos los seres que para ti son importantes. Y se borran con algo de misterio, ¿no? Eso has dicho hace unos minutos. El misterio sólo te lo explicas por la facilidad innata que tienes como artista citador, como distribuidor de frases, como ayudante de un genio. Crees tener un talento descomunal para lograr que se borren las más cálidas figuras humanas que se te acercan.

Yo no había dicho ni mucho menos aquello y protesté, pero mis palabras cayeron en saco roto, porque ni me escuchó y pasó a explicarme que revelarles a los lectores norteamericanos la existencia de un pajarraco como yo iba a dejarlos a éstos bien inquietos, porque era como ponerlos en contacto con el sobreviviente último de un antiguo esplendor de la literatura que hoy en día sólo estaba en sombras.

Ofensas aparte, me pareció exagerado que me viera de aquella forma y le pregunté si realmente decía en serio que yo era el sobreviviente de un esplendor en sombras.

—Pero, mi querido Bros —le dije—, ¿crees de verdad que en América no hay distribuidores de citas como yo? No se habla de ellos, pero ten por seguro que existen y que cobran mucho más que yo... Que yo sepa, allí todo el mundo distribuye frases, ¿no? De hecho, toda la cultura norteamericana es un juego de apropiaciones, consciente o inconsciente. Es más, todas las mentes, aquí y allí y en todas partes, citan.

Rainer puso cara de haberse entregado al latido

de unos tambores lejanos, al zumbido de unos conjuros extraños.

Eres muy europeo, dijo.

Lo dijo con una velada, extraña ternura que duró poco porque, al ver que con aquella espontánea afirmación había bordeado el ridículo, cambió de tema y preguntó por tía Victoria, a la que, por supuesto, no se había planteado acercarse a saludar, porque ella, dijo, le abrumaba siempre con su tan celebrada capacidad para sin tregua mostrarse inteligente. Sonreí, pensé que reconocía la superioridad de su tía. Pero verás, dijo Rainer, en realidad no sabemos si es inteligente, sabemos que siempre habla de la inteligencia y que dedica muchas palabras a la vida mental, pero queda por saber si su vida mental es compleja. Dejé de sonreír, no me gustó nada oír hablar mal de tía Victoria. Entonces Rainer me contó que encontrarla siempre le desmoralizaba y que la había llegado a ver un día, de lejos, en América, en pleno Nueva York, en la Quinta Avenida y él se había ocultado de inmediato, por si le reconocía. Andaba ese día tía Victoria con botas de goma, chaqueta de piel, gorra con orejeras, y estaba horrenda. Temiendo que, al descubrirle entre la gente, corriera a delatarle a la prensa sólo para poder así truncar su carrera, él se refugió en Tiffany & Co., donde en cuclillas se ocultó detrás de un mostrador de la joyería, permaneciendo allí, en aquella posición, más de una hora. Y estuvo a punto de ganar el premio Truman Capote a la conducta más extravagante del año en la joyería.

¡En cuclillas! Así había pasado las dos últimas décadas. Hasta daba vergüenza ajena imaginarlo en aquella postura por tanto tiempo. Supongo, dijo de pronto, que has oído alguna vez rumores sobre mí y que nunca has llegado a saber si eran del todo ciertos. Le expliqué que no acertaba a adivinar de qué rumores podía estar hablándome. Todos esos rumores de que me casé por la Iglesia, dijo. Había oído algo de esto, le expliqué. Y no mucho después, con la máxima prudencia, pregunté si tenía que darles algún crédito a aquellas murmuraciones. El máximo, dijo. Breve silencio. Me casé hace quince años, añadió. Entonces, con aún mayor prudencia, me interesé por saber si había viajado a Barcelona con su mujer y si estaba también alojada allí en el Alma. Todo indica que está en Londres, me respondió, todo indica que tomó un avión y salió de Nueva York dos horas antes de que saliera yo hacia Barcelona, me dejó una nota tratando de que creyera que había ido a cuidar a su anciana madre a Denver.

Pregunté cómo se llamaba su mujer.

—Llámala Dorothy —dijo.

Y luego añadió que seguramente ella estaba en aquel momento en Londres riendo a carcajada limpia en cualquier bar de cualquier arrabal. Era una persona intrigante, dijo, además de inteligente, tierna y encantadora y muy cabrona. De sonrisa taimada, añadió. Parecía que iba a acabar insultándola de mala manera, pero se contuvo. Bellísima, dijo, y un trozo de pan. Se quedó callado en seco, como si se hubiera pasado en los elogios. Un trozo de Pynchon, añadió, y soltó una carcajada con un punto evidente de desesperación.

Oí decir, le comenté en voz muy baja, que ella es influyente y te protege, ¿es así? Rainer se molestó, como cabía esperar, y me preguntó de qué tendría que preservarle. No sé, dije algo asustado, preservarte quizás de la turba lectora, de los que pretenden saber por qué te ocultas, de los cazadores de autógrafos... Ya, dijo, y de Wall Street y de la sangre que extraen de todos nosotros las mafias del libro y de la que fluye por los bancos de Londres y por las venas, en efecto, de las miserables hordas lectoras y preservarme de paso de mi suegra de Denver.

¿Se había fugado Dorothy? No fue necesario preguntarlo. Los negocios son así, se lamentó él de pronto. Y noté que cada vez estaba más tocado por el alcohol. Ya se sabe, dijo casi musitándolo, un día uno está aquí y al otro allá, y a veces acá y allí y en el Más Allá... A través de lo que poco después me dijo o añadió dentro de su pequeño y repentino caos verbal, fui viendo que tenía muchos problemas, de los que Dorothy sólo era posiblemente el más visible, pero no el único ni el más importante. Y vi también que sufría tanto aquellos problemas que hasta podía decirse que literalmente los llevaba incrustados en su cuerpo y a la vista de todo el mundo, como si sus problemas fueran como aquella memorable manzana que el padre arrojaba con ira y dejaba incrustada en el cuerpo del hijo en *La metamorfosis*, de Kafka.

Lo mejor será, me dije, desviar la conversación hacia otro lado. Y entonces, con la soterrada idea de disuadirlo totalmente de sus planes de novelar lo que había sido mi vida en las últimas horas —no podía olvidarme de que me había amenazado con aquello—, empecé a contarle que, habiendo dormido la última noche en casa de tía Victoria, había soñado que era yo un ciudadano de un país que ya no existía, la República de Tanganica, y que un destacado discípulo de un famoso antropólogo quería narrar en cien páginas mi vida de huraño salvaje. Por suerte, le dije, desperté a tiempo de descubrir que era sólo una pesadilla.

Eres un encanto, dijo, pero no voy a hacerte caso, porque voy a narrar tus últimas horas y tú me darás ese permiso, y no sigas pensando que es una pesadilla la que has tenido, porque tu vida de salvaje es la otra cara de tu propia vida. Es fácil deducir algo así, protesté. No, no es fácil ver que tu vida de salvaje es la otra cara de tu comportamiento tan austero, tan propio en realidad de un ermitaño, de un heroico sobreviviente de la literatura, ya verás como la no ficción sobre tu vida será un testimonio que llamará la atención del mundo.

Vi que no iba a ser nada fácil convencerle de que diera marcha atrás en su idea de novelar mis pasos a lo largo de aquel fin de semana, sobre todo porque estaba claro que era la solución que había encontrado a su atolladero profesional después de su tropiezo con el Pynchon fallido. Es más, en cuanto vio que seguía insistiendo en resistirme a sus planes, volvió a recordarme que durante veinte años había invertido dinero en mí y que ahora, siguiendo el consejo que intuía que le daría hasta la mismísima gitana de Nueva York, le parecía que tenía todo el derecho a recoger los réditos.

Dijo esto de un modo sucio, ofensivo. Parecía que encarnara el espíritu mismo de Wall Street, porque aquello lo dijo con el peor estilo posible, con el estilo del bróker más podrido de Nueva York. Con ese mismo estilo volvió a enviar, poco después, sus gafas a la misma maceta de antes, y volvió a enviar su gorra al suelo. Siguió una carcajada fea, horrible, que pensé que buscaba presionarme ya duramente para que le dejara escribir su no ficción.

Debería haber sabido ver a tiempo que Rainer se reía de mí y también de la distinción entre literatura de ficción y de no ficción, pues él ya estaba simplemente cansado de ambas, en realidad de todo. Debería haber sabido ver a tiempo —pero no supe verlo— que sólo estaba burlándose de mi candidez, pues él no pensaba ni en broma novelar nada de mi vida. En cualquier caso no fui capaz ni de intuir aquella tomadura de pelo de Rainer, quizás porque su indiscutible gran talento teatral me lo impidió.

Así que durante un buen rato seguí engañado, totalmente engañado, creyendo que quería contar mi vida, es decir, que quería poner por escrito lo que tan detalladamente le había contado yo acerca de mi aislamiento junto al acantilado y mi viaje a Barcelona, pero también recrearse en las miserias de mi vida cotidiana, detenerse en, como decía Borges, «las triviales cosas terribles que todo hombre conoce»...

En fin, que escuchando todavía los estertores de la en aquel momento última de sus carcajadas horribles y como fuera que aún seguía yo creyendo que iba en serio aquel empreñador proyecto de contar lo que había sido mi vida en los tres últimos días, intervine con la máxima celeridad posible para frenar, de una vez por todas, el inaceptable proyecto.

Pero hay un pequeño problema, dije, yo no soy un fondo de inversión.

27

Minutos después, no paraba de decirme que llevaba meses atraído por las personas que fracasaban o que nunca habían tenido proyectos de triunfar. No paraba de hablar de aquello, y no parecía que fuera a tener un final próximo su incursión en el tema (y eso que me había prometido subir un momento a su cuarto a refrescarse la cara para tratar de recuperar parte de su sobriedad).

Si pensaba escribir sobre personas fracasadas, acabé ironizando, iba a tener trabajo de sobras para el resto de su vida.

No tanto, me dijo, porque sólo estaba interesado en escribir sobre mí.

Su respuesta me hizo ver que habíamos tocado fondo. Le pedí que, por favor, fuera de una vez por todas a refrescarse y aprovechara para darse cuenta de que lo que me proponía era irrealizable, además de absurdo.

Por un momento pensé que iba a hacerme caso, pero no hizo ni el menor gesto que indicara que se preparaba para subir. Lo más preocupante llegó cuando dijo que tenía planeado —violando las leyes de la fidelidad a los hechos reales— el relato de mi muerte en la avenida Diagonal al bajar en marcha de un tranvía.

Sería, dijo, el único momento de ficción del libro, y confiaba en que supiera guardarle el secreto de que aquella escena final era impostada. Nada más oír esto, dejando aparte lo mucho que me incomodaba su proyecto, comprendí, con el lógico horror, que lo que me pedía era que, una vez publicada su no ficción y para guardarle con eficacia el secreto, yo tuviera la amabilidad de fingir que había muerto, lo cual iba a ser extraordinariamente complicado de llevar a cabo si no cobraba un dinero a cambio, ya que era evidente que no podría ni seguir con mis trabajos de traductor previo y quizás ni relacionarme con nadie.

Llegué a preguntarme (lo digo con sonrojo) si

me saldría a cuenta económicamente renunciar a ser un *hokusai* y cambiarlo por estar muerto. Y en cuanto vi que no podía salirme a cuenta nunca, empecé, casi furioso, a advertirle que nunca aceptaría que propagara por ahí que me había atropellado un tranvía. Y él lo desarregló todo aún más y dijo que saldría yo ganando porque pasaría a tener la simpatía de muchas personas en todo el mundo, gracias a que encarnaría ese tipo de figura humilde, habitual en la literatura desde hacía tiempo, ese tipo de buen hombre que caía bien a los lectores, porque podían compadecerse de él: la figura cristiana del pobre, del proletario, del desterrado de la tierra, del humillado, del bonachón pervertido por las citas y por el intertexto, del superviviente de la literatura, del subalterno, del secretario, del desgraciado...

Pero pensé: ¿de qué iba a servirme tener la simpatía de los lectores si iba a tener que pasar por muerto en todas partes?

—¡Basta! —me sentí obligado a decir.

—Pero ¿qué pasa, Simon? ¿No esperabas morir tan pronto?

Aquella miserable pregunta tuvo la virtud, al menos, de recordarme a algo tan agradable como la figura de John Ashbery, al que, salvando las insalvables distancias, Rainer a veces me recordaba, aunque ya fuera tanto por su facilidad de saltar de un tema a otro como por su tendencia a la errancia, por sus cambios constantes de planos y de obsesiones: «Sigue una cosa a otro toldo en el horizonte de acontecimientos. / Al marchar cambia una vida de tema. / Tenían sentido unas cosas, otras no. / No esperaba morir tan pronto».

Podrías ahorrarte lo de arrojarme desde la plataforma de un tranvía, le dije manteniendo mi muy civilizado tono de protesta. Me esforzaba en comportarme de un modo digno y educado y en no perder los nervios, al tiempo que, eso sí, no paraba de plantearme la posibilidad de dejarlo a él allí mismo con sus whiskies Jameson y volver a la paz y serenidad de la casa de tía Victoria; quizás quedarme a la espera de que a él se le pasara su extrema ebriedad y pudiéramos hablar mejor entre los dos, aunque, a esas alturas del encuentro, yo dudaba ya de que un solo instante de calma, alguna vez en algún lugar, fuera a ser posible entre Rainer y yo.

Estaba pensando en cómo iniciar mi retirada cuando él volvió a la carga con la enojosa cuestión de mi muerte por tranvía. Necesitaba que yo muriera como el arquitecto Gaudí, asesinado por un tranvía. Pero qué horror, le dije, ¿para qué necesitaba yo una cosa como aquélla? Una pequeña traición al género del relato real haría que su novela quedara más redonda. Tienes que comprender, dijo, que necesito un punto final para nuestra no ficción.

A esas alturas de la conversación y de la disputa, yo cada vez que oía las dos malditas palabras —*no ficción*— pensaba inmediatamente en el doble cañón de la escopeta de Padre. Debido a que no podía ya ni soportar oírlas, me estaba convirtiendo secretamente en todo un asesino de Rainer en potencia. Porque si algo tenía claro era que no estaba dispuesto a permitirle que convirtiera lo que había sido mi vida a lo largo de aquel *weekend* en una muerte o, peor, en una tragedia de unos cuantos folios.

Habría sido todo más fácil si ya hubiese sido yo lo suficientemente listo para entender que en realidad con su no ficción sólo se burlaba de mis «aventuras» de las últimas horas y de todo. Pero como no acababa de intuirlo ni de lejos, seguía atrapado en las redes de su ficción.

Aunque me arrepentí y sobre todo me avergoncé enseguida, llegué a proponerle que me renovara «la financiación de Van Gogh» por cinco años si quería que estuviera conforme con su propuesta de novela sobre tres días de mi vida.

Sólo unos segundos después de haber dicho aquello, ya me había arrepentido, sobre todo cuando vi que él volvía a reírse muy a gusto y pasaba luego a mirarme con desprecio de arriba abajo, como si lo reprobara todo de mí.

De Van Gogh voy a explicarte algo, me dijo de pronto. Había leído teorías nuevas que habían revisitado la relación de éste con su hermano Theo; teorías como la de Wouter van der Veen, que sostenía que el mito del artista que se cortó una oreja y nunca estuvo interesado por la riqueza material no había dejado ver lo que en realidad había detrás de todo aquello; el pintor Van Gogh estaba obsesionado con el dinero y con el éxito, y lo más sorprendente de todo: era en potencia un genio de la inversión financiera y había proyectado con su hermano convertir en oro puro todo lo que creaba. De hecho, de no haberse matado, Van Gogh habría conocido el éxito en vida.

Por si no lo creía, me mostró en su móvil la noticia de la que me estaba hablando y pude ver que el tal Wouter van der Veen no sólo existía, sino que había publicado un libro muy documentado en el que sostenía la tesis de que los hermanos Van Gogh siempre fueron unos consumados hombres de negocios y que el éxito esperaba al pintor a la vuelta de la esquina, sólo que él lo estropeó al suicidarse.

Estábamos todavía enzarzados en Van Gogh y sus secretas habilidades para la economía cuando

Rainer volvió a lo que fingía que le obsesionaba e insistió en que necesitaba esa pequeña traición al género —mi final en tranvía— para que su no ficción tuviera un rápido final y no tuviera él que esperar a que me muriera de verdad.

Había ya iniciado en ese momento una pronunciada escalada en la toma de whiskies. Después de todo, dijo, tú nunca ves a nadie, o nadie te conoce, que es lo mismo, siempre andas, según he creído entender, por el acantilado de Cadaqués archivando hasta las mareas, y si alguien te reconociera después de haber leído el libro, siempre podrías decir que eres sólo pura energía de ausencia del fallecido Simon Schneider.

No podía dar ya crédito a lo que oía. Se estaba riendo del para mí tan sagrado concepto de «energía de ausencia». Todo aquello, en combinación con el delirio alcohólico, estaba empezando a verlo yo como mi propio Cap de Creus, es decir, como mi propio fin del mundo.

—Ya veo que lo ideal para ti sería matarme a sustos aquí mismo y luego echarme a las ruedas de tu *pynchonería* —dije queriendo introducir el ingenio y el sentido del humor y cayendo en una patosidad vergonzosa.

Apuró su whisky y, en lugar de pedir otro, pidió un vodka, como si fuera fácil pasar de Estados Unidos a Rusia. Y esta vez a su petición le faltó ángel, le faltó gracia, porque, como si hubiera perdido de golpe el *toque Bros*, dio unas palmadas para que acudiera el servicio de mesas.

—¿Esas palmadas son para llamarme a mí? —preguntó desafiante una camarera.

—Cálmese, cálmese —dijo Rainer—. Si no es pedirle demasiado, si no es algo que está por encima y más allá de la llamada del deber, quisiera pedirle un vodka, en vaso muy corto, sin confundirlo con nada y menos añadirle hielos innecesarios y *putinescos*.

Con este breve incidente volví a ver a Rainer por primera vez en muchos años como lo que evidentemente no había dejado de ser nunca: mi hermano menor. Y a punto estuve de reprenderle por la forma de hablarle a una camarera, a una trabajadora. Pero, en lugar de esto, le dije —sorprendentemente más desinhibido de lo que había pensado yo que estaría cuando se lo dijera— que hacía ya un buen rato que su cara cada vez se me difuminaba más, cada vez la veía menos.

—¿Está desapareciendo? —preguntó intrigado.

—Exacto.

No le dije más que la verdad, lo que hacía ya un rato que honestamente percibía. Pero aquello cayó como una bomba sobre él, como si mi frase hubiera sido una flecha en su talón de Aquiles. Puso cara de no haber creído nunca que llegara un día a decirle yo algo como aquello, y esto le cambió de golpe la cara, quedándole aún más cambiada, más apagada de lo que estaba ya. Le vi afectado, como si le hubiera herido en lo más íntimo y me di cuenta de que en realidad él ya sabía que llevaba tiempo perdiendo presencia, y por eso le había afectado tanto lo que le había dicho: su aspecto exterior, su rostro, ojos húmedos incluidos, iban perdiendo brillo, lustre, como si, de tanto haberse escondido en los últimos veinte años, su cara —al contrario de lo que tendría que haberle ocurrido, puesto que, por decirlo de algún modo, la había usado poco en público— se hubiera ido lentamente *desgastando*.

Nada más servirle el vodka y como reacción a su dolor de saber que tendía a desaparecer, se lanzó enloquecido a contarme que, en un trance hipnótico, había «presenciado» con todo detalle mi final, el momento en que yo me caía literalmente del tranvía.

Oh, no, dije, preferiría no saber nada de eso que no ha pasado. Pero Rainer iba lanzado y no pensaba hacerme ni el menor caso. Me dijo que reconocía que aquella escena de caída desde un tranvía tenía mucho de otra época, pero eso poco importaba, porque a fin de cuentas en Nueva York quienes conocían la ciudad de Barcelona no eran tantos y quienes la conocían imaginaban que sus tranvías eran unos armatostes del pasado, como los que había en San Francisco cuando Hitchcock rodó *Vértigo*.

Comprendí ahí que era inútil que intentara convencerle de que nadie se caía de los tranvías ya en Barcelona y que también era inútil convencerle de que yo debería tener, aunque fuera en la ficción, otro tipo de muerte. Pensé que estaba demasiado impaciente por hacerse con un final para su «relato real» y le dije de golpe que parecía Truman Capote cuando aguardaba con ansia a que llevaran a la silla eléctrica a los dos asesinos de *A sangre fría* para poder así él terminar su libro. Pero ni con estas palabras logré frenarlo. Había tenido una revelación, dijo, y nos había visto a los dos juntos de pie en la plataforma al aire libre de un tranvía de la Diagonal.

¿Y qué hacíamos los dos en aquel improbable tranvía asesino?

Pues cerca de Cornellà, en las afueras ya de Barcelona, dijo, me había dado a mí por apearme de aquel vehículo en marcha y me había ido dirigiendo a la puerta de salida, aunque por el camino había tropezado con los pies de un tipo enojosamente obeso que leía una revista deportiva. Había tropezado yo justo cuando el tranvía doblaba una curva y chirriaba. Y para no perder el equilibrio me había agarrado a un manubrio de cuero. Muy despacio, el gordo había encogido sus piernas y lanzado todo tipo de improperios contra mis muertos, que de alguna forma Rainer, como hermano, había acabado sintiendo forzosamente también como algo suyos, no mucho, pero algo suyos sí. Entonces, indiferente a los gruñidos del gordo, me había aferrado a una barra de hierro y comenzado a calcular mi salto. Cuidado, Simon, parece que me había gritado o advertido Rainer. Abajo el asfalto se deslizaba veloz, liso y rutilante. Aun así, yo había saltado. Nuestra madre nos había aconsejado a los dos ser siempre muy decididos, y yo había tenido en cuenta, en momento tan importante, aquella recomendación. Así que había saltado. E inmediatamente había visto cómo aquel asfalto tan refulgente se había abalanzado sobre mí, como si fuera la ola de un tsunami. Un rayo brutal, o más bien algo parecido a un rayo, me había atravesado de los pies a la cabeza, y después nada. Cuando había vuelto a abrir los ojos, había podido ver muy a lo lejos mi propia imagen desapareciendo en el horizonte después de haber cruzado la Diagonal como si nada hubiera ocurrido. Aunque no mucho después todo había empezado a mostrar trazas de haber cambiado irreversiblemente, porque las mismas vías del tranvía se habían vuelto mucho más anchas y alegres y los pisos altos de los bloques de casas a la entrada de Cornellà habían comenzado a aparecer bañados de un impresionante resplandor que, a causa del dolor atroz del rayo que seguía atravesando mi cuerpo, no podía yo apreciar, como hubiera querido, en toda su magnitud y belleza.

28

Rompí el silencio que siguió al relato de mi muerte para decirle que iba a tener que fusilarle con la escopeta de doble cañón heredada de Padre si, de una vez por todas, no subía a su cuarto y trataba de despejarse. Uno no se despeja con el chorro de un grifo, respondió rebelde. Pero tú mismo has propuesto hace un rato despejarte de esta forma, le dije. Ya veo, dijo, para ti todo es válido si consigues tu objetivo, y el tuyo está claro que es que regrese más sobrio y habiéndome olvidado de tu muerte y de la mía.

¿De la suya? ¿De qué me hablaba?

—Sube ya —le ordené.

Debí de estar en esta ocasión muy convincente,

porque pidió otro vodka pero no esperó a que se lo sirvieran, porque se levantó y subió, asombrosamente obediente.

Me quedé en el jardín con tiempo indefinido por delante, y pensé, primero, en que debería haberle preguntado por la vida de «hombre oculto» que llevaba en Nueva York (ventajas e inconvenientes de decidir ser invisible) y luego pensé en que si más tarde perdía grados de alcohol en su sangre sería el mejor momento para preguntarle acerca de ese tipo de cosas y pasé a decirme que lo más urgente quizás fuera estirar las piernas e ir a la mesa de caoba con revistas y periódicos que había en la entrada de aquella pequeña selva doméstica, pero al final no fui porque quedé atrapado en uno de esos repentinos instantes de tranquilidad y gran ocio en los que de pronto el pensamiento se aboca sólo a existir.

Por un momento, seguí el hilo de la conversación de las dos señoras de la mesa de al lado, que ya habían pagado y se disponían a marcharse.

—Estaba pensando en decir algo, pero mejor será que me lo guarde.

—Cerda egoísta. Todo para ti. Otra vez estás con las mismas.

—Venga, sigue, continúa con los insultos.

—¿Por dónde iba?

—Te diré por dónde. Estabas pensando en guarradas. O no, quizás pensando en montar una empresa que fabrique banderas, ¿no es así? Puede que sea el negocio del futuro.

Desconecté en ese punto y pasé a pensar en las circunstancias que me estaban permitiendo tener el dudoso honor de ser el único terrícola que en aquel momento sabía dónde se encontraba escondido, por la gracia de Dios, el tan buscado Gran Bros.

Me habría gustado que, mientras aguardaba el regreso de Rainer, me hubiera preguntado por él un periodista de la CNN, en directo para todos los Estados Unidos de América.

—Díganos, señor Schneider, ¿es verdad que anda por aquí el escritor más buscado de la tierra, el superinvisible Gran Bros?

—Se está lavando ahora mismo la cara ahí arriba.

—¿Acaba de levantarse?

—¿Quién? ¿Yo?

—Usted no. Preguntamos por míster Bros.

—Hace horas que ya está levantado. Lo que pasa es que empezó cabalgando un tigre y ya no sabe cómo bajarse de él.

—¿Qué trata de decirnos con esto?

—Pues que bebe tanto como Hemingway y Nicholas Ray juntos. ¿Me comprenden ahora?

Una vez pensada aquella escena, volví a zambullirme en uno de esos instantes de gran ocio en los que vuela el pensamiento.

Justo era admirar en Rainer, me dije, el hecho de que, habiéndose esforzado en desaparecer detrás de sus novelas neoyorquinas, en paralelo hubiera sabido llevar a cabo una segunda y más profunda desaparición, camuflándose dentro de la escritura de otro escritor invisible, escondiéndose dentro de la escritura de Pynchon, el arquetipo precisamente del novelista oculto. Había que reconocer que había sido una maniobra bien hábil. Una doble inmersión para ocultarse de verdad, y a fondo. Un escondite ingenioso: un escritor escondido (conteniendo, además, a otros dos escritores ocultos, a Dorothy y a mí como mínimo), agazapado dentro de otro escritor de aún mayor fama mundial, no menos oculto. Estaba bien pensado. A ver quién iba a encontrarle ahí: embozado en América en el lugar exacto donde ya antes se había escondido otro escritor. Un camuflaje como la copa de un pino o, mejor, como una raíz enterrada en lo más profundo de una tierra desconocida.

¿O no?

Miré el reloj: Rainer se estaba demorando demasiado.

Seguí pensando en él y me dije que si bien su camuflaje había alcanzado el rango de obra de arte, resultaba inquietante registrar cómo el largo periodo de invisibilidad, en contra de lo esperable, había desgastado su imagen. Pero aún más inquietante era observar la desesperación que parecía haberse apoderado de él y que procedía de la misma dificultad que tenía para expresar con las palabras adecuadas por qué estaba desesperado. Y ahí no podía yo echarle una mano, y seguro que tampoco podía ayudarle su mujer Dorothy, que cada vez estaba más seguro de que le había ayudado tanto como yo a escribir sus libros.

Me habría gustado poder ayudarle, al menos en aquel momento difícil por el que parecía pasar, tal como lo había hecho en sus «cinco novelas veloces», pero en esto no podía prestarle el menor servicio, porque era indispensable que su problema supiera él expresarlo por sí solo, pues no en vano se trataba de una cuestión exclusivamente suya, intransferible.

Básicamente, su problema era la conciencia de la imposibilidad de toda comunicación profunda. Estaba yo concentrado en todo esto cuando por fin reapareció Rainer, y parecía que casi estuviera pidiéndome que le echara una mano para poder explicar lo que le pasaba. El resultado fueron unos intentos grotescos de explicarme su desesperación, construidos malamente a base de fragmentos entrecortados y de frases a medio hacer, que si bien me acercaron al posible centro de su tragedia, terminaban siempre por expulsarme de allí llevándome a rebotar casi violentamente siempre hacia atrás, de modo que en cuanto él parecía llegar a algo acababa no consiguiendo llegar a nada, acababa retrocediendo, nunca conseguía llegar a algo concreto, y era obvio que —alcohol aparte— le faltaba seguridad en sí mismo, pero también un cierto léxico y precisión —por eso había bebido tanto toda su vida—, por no hablar ya de palabras lo suficientemente adecuadas para al menos llegar a decir algo que resumiera su pésimo estado de ánimo.

Y sí. Yo veía que era innegable que le perjudicaba no tener archivo y que le perjudicaba, además, no parecerse a mí y por tanto no tener un alma digamos que sencilla, un alma de subalterno. Veía muchas cosas que habrían podido paliar un tanto su catástrofe, pero también veía que ya era tarde para aquello. Y, por otra parte, sabía que tampoco esto le habría ayudado a él demasiado, porque, en el fondo, el problema de Rainer habría seguido siendo el mismo y, además, ponerme a mí mismo como ejemplo de camino a seguir le habría hecho recuperar la memoria y enseguida volver a humillarme con las pocas palabras que en aquel momento tuviera a su (siempre limitado) alcance.

29

Estaba Rainer volcado en su festival de gestualidad y de intentos frustrados de comunicarse con plenitud cuando se detuvo un segundo y me preguntó si no le veía más fresco. No era una pregunta difícil de responder, pues era obvio que estaba fatal. Pero a punto estuve de tardar veinte años en contestarle, toda una venganza involuntaria. Al final, tardé un largo minuto y tuve que decirle la verdad: no le veía nada fresco, más bien parecía que la incursión en su cuarto le hubiera hecho perder aún más presencia.

Se lo dije y, quizás temeroso de su reacción, desvié la mirada hacia otros lugares del jardín, eché un vistazo a todo lo que teníamos a nuestro alrededor. Con el avance de la mañana, aquel lugar —limpio y bien iluminado, como le habría gustado a aquel empedernido bebedor de un conocido cuento de Hemingway— había ido llenándose y estaba en aquel momento casi abarrotado. De hecho, Rainer había llegado exhausto hasta la mesa, como si hubiera tenido que atravesar con un machete la selva más agotadora. Y hasta parecía que hubiera drones planeando por encima de aquel jardín en el que se apiñaban una gran cantidad de familias felices y de familias infelices, tribus rusas y chinas, suegras y cuñados de todas las razas y clases sociales, jóvenes solitarias y señoras de edad, abanderados y no abanderados, camareros y turistas, todos absolutamente indiferentes a la literatura, a la fama mundial del empedernido bebedor Rainer Bros y a mi archivo.

No, no le encontraba a él más fresco. Pero me pareció que había recuperado, aunque de forma endeble, una cierta seguridad en sí mismo. Se lo dije para ver si le ayudaba de algún modo. Sonrió de un modo extraño como si le estuvieran filmando en un plató de televisión. Y como me encontraba en un momento de ánimo tan pynchoniano, es decir, en un momento tan inmensamente paranoico, pensé que yo era sólo una pieza más de aquella puesta en escena y a él ya sólo le faltaba saludar a los drones que podrían estar filmando la reaparición en sociedad del escritor más camuflado del mundo, nada menos que el barcelonés autor de *Wisdom Asks Nothing More* («La sabiduría no pide nada más»).

A fin de cuentas, a poco que se levantara la niebla que impedía verla, allí estaba en realidad la noticia del día, tanto en Barcelona como en el mundo, aunque seguro que ni siquiera los informativos locales hablarían de aquello. Porque la niebla continuaría allí y nadie vería lo que había debajo de ella y nadie daría la noticia, porque el único que podía darla era yo, que estaba sumergido en la misma niebla de todos y en aquel preciso instante pendiente de lo que pudiera hacer Rainer, que parecía estar convencido de que iba de pie conmigo sobre la plataforma de un viejo tranvía.

Farfulló unas desoladas palabras que entendí a medias y sólo retuve una: *Dorothy*. Ese nombre lo oí a la perfección. Y aproveché para preguntarle si ella estaba detrás de lo que escribía, un eufemismo para no preguntarle directamente si era Dorothy, junto a mí, la colaboradora principal de sus textos.

—Deberías vigilar lo que dices y no olvidarte de qué pie cojeas —dijo.

La cojera, entendí, era mi tendencia a la paranoia. Y consiguió volver a enojarme con su burda maniobra, porque era como si creyera que yo era tonto y que podía hacerme creer que era pura paranoia mi idea de que Dorothy había sabido captar los sutiles mensajes crípticos que había enviado a Manhattan y que, con el tiempo, habían ido ordenando y estructurando la obra de Gran Bros, con su iniciativa de intentar lograr que a partir de él pudiera encajar con naturalidad lo intertextual en el mundo de las novelas.

Tardé en reponerme. Y, cuando parecía que lo conseguía, él enseguida, sin duda como venganza a mi osadía, volvió a la carga e insistió en el tema o pesadilla de su no ficción, se mostró tan deliberadamente brutal conmigo que acabé haciéndole saber —convencido como estaba yo todavía de que hablaba en serio— que le convenía volver a intentar ser Rainer Bros, aunque, eso sí, jamás a costa mía, jamás de los jamases —le subrayé—, porque yo tenía derecho a seguir disfrutando de una vida plenamente anónima, secreta, la misma que había elegido él al ir a Nueva York, aunque su arte, que a veces yo disfrutaba llamándolo «arte de desaparecer», le hubiera convertido en un escritor famoso y con misterio, mientras que en mi caso sucedía felizmente lo opuesto: tal vez también hubiera arte en lo mío, pero fabricado en la más pura y reconfortante y anónima sombra, y sin misterio alguno, gracias a Dios y a Gran Bros.

Parecía que hablara yo desde fuera del mundo real, comentó de pronto. Y esa frase dicha casi sin pensar por su parte aún retumba en mis oídos. Le pedí que la repitiera. Lo hizo sin problema. Parecía hablar yo desde el espacio infinito, precisó.

Pensé: en el fondo nada me gustaría tanto como hablar desde allí, hablar literalmente desde fuera del mundo real, desde un espacio ilimitado, liberado de algún modo de tantas ataduras terrenales. Hablar desde la media luz de esa mañana eterna desde la que parecían dirigirse a nosotros los narradores de las novelas veloces de Gran Bros. Desde aquella media luz escribir sintiéndose uno ya de vuelta de todo, como Zalacaín el aventurero, el personaje de Baroja. O mejor todavía: de vuelta y media, y hasta con doble vuelta de tuerca; narrarlo todo desde el espacio infinito. Volar ya de verdad sobre el nido de mi antigua tragedia. Narrar yo mismo —no que la contara él— la historia de lo que había sido mi vida en aquel fin de semana de finales de aquel octubre de 2017, con el país de Cataluña en plena crisis política; contar yo mismo todo aquello, pero siempre con el debido distanciamiento, dejando atrás en lo posible la tragedia y adentrándome más al final en un clima frío, espectral. Contarlo todo desde uno de esos estados de ánimo que suponemos —o al menos especulamos a veces con ello— que, a nuestra muerte, tal vez podamos encontrar, siempre y cuando pasemos, al librarnos del cuerpo, a convertirnos en sólo pura narración y pensamiento. Contarlo todo, pensé, desde la dudosa luz de un amanecer, frente a un imaginario puerto con barcas y grúas, como si estuviera en ese territorio por el que un día, tarde o temprano, nos tocará a todos, en algún momento, vagar.

Pensé en proponerle que su no ficción me dejara narrarla a mí mismo y me dejara simular que la escribía desde casi fuera del mundo, desde una temblorosa mañana incipiente en la que las figuras, por familiares que me resultaran, tendieran en la bruma a ser vacilantes: dudosas sombras del infinito.

Pero en lugar de proponerle esto, que imaginé que él rechazaría plenamente, le pregunté por qué en lugar de mi vida a lo largo de esos tres días no contaba, por ejemplo, la vida de una teoría, una *Introducción al arte de las citas*. Y ya sólo enunciar aquel título me puse de buen humor. Aunque seguía teniendo yo muy atravesado que hubiera desempolvado lo que había llamado «mi cojera», empecé a divertirme como un cosaco. Y es que cuando imaginaba «artefactos literarios», me lo pasaba en grande, mucho más que cuando, por imperativos de la narración, tenía que describir, por ejemplo, una mesa camilla. Porque con los «artefactos» era como si me encontrara en casa, mientras que, cuando narraba de forma novelesca, me aburría mucho teniendo que caminar por el mundo y, en consecuencia, teniendo que describir ya no sólo la maldita mesa camilla, sino también el color de mis zapatos y las hechuras de mi mochila y los jardines portugueses que creía ver más allá de la ventana que no acertaba nunca a pronosticar las tormentas.

Bastaría con narrar, le dije a propósito de *Introducción al arte de las citas*, la historia de cómo había ido evolucionando mi teoría sobre la posibilidad de montar novelas con tramas intertextuales y contra el fetichismo de la originalidad. Bastaría para ello con salpicar los avatares de la vida de esa teoría con datos de mi diario, con datos autobiográficos que completaran mi ensayo-divagación; se trataría de construir de algún modo una especie de novela de corte ensayístico que se pareciera, aunque fuera sólo de lejos, a la que escribiera Descartes cuando mezcló en su *Discurso del Método* la biografía de su teoría con datos aparentemente secundarios de su vida cotidiana.

Rainer se hizo pasar por alguien que ante mis palabras se quedaba de pronto impávido.

—¿Pretendes que escriba una novela de no ficción titulada *Los principios de la filosofía citadora*? —preguntó cambiando mi título con un humor ágil que no supe captar.

—Exacto —dije cayendo en la trampa de creerme lo que me decía—. Porque nunca ha existido la originalidad, que fue sólo una fantasía de Platón, para quien el mundo mismo era una copia.

Rainer puso cara de estupor. Decididamente, pensé, la parte teórica de sus novelas la había dirigido Dorothy sacando quizás partido de alguna de mis ideas.

—Ya lo dijo tía Victoria en su mejor libro —le dije.

—No siento curiosidad por saberlo —dijo Rainer.

—Explicó que la no ficción cree estar copiando lo real cuando en verdad sólo está copiando la copia de una copia de una copia.

Durante un rato estuvimos los dos bien callados, como si cada uno se guardara para sí algunas palabras que había pensado decir y que iba intuyendo que ya no diría nunca. Estuvimos tan en silencio que hasta la gente que estaba sentándose en aquel momento en la mesa de al lado pasó a cobrar una notable importancia. Y acabamos descubriéndonos pendientes de dos fornidos caballeros que andaban ocupados en sustituir a las dos señoras que no hacía mucho habían hablado allí de fabricar banderas, como si ése pudiera ser el gran negocio del futuro.

Llegó la camarera para preguntarles a los dos nuevos clientes qué pensaban tomar. Lo mismo de antes, dijo el más alto de ellos (los dos lo eran mucho), con acento marcadamente estadounidense. Pero usted no ha pedido nada, dijo la camarera. Tomaré lo mismo que el señor, dijo el otro caballero, también con el mismo acento.

No tenía sentido aquello, pero miré a Rainer y vi que nada de lo oído le había llamado la atención, lo que me hizo sospechar que los dos caballeros podían tener relación con él, ser sus aliados en alguna conspiración de alcance mundial, o ser simplemente sus guardaespaldas, o dos amantes de Dorothy, que todo podía ser. Según el ángulo que uno eligiera para mirarlos, podían parecer también dos tipos que jugaban a fingir que eran nuestros casuales imitadores, la réplica de nuestra propia mesa.

De pronto, Rainer intentó o simuló intentar, hablando al modo de don Quijote —aunque con abochornante torpeza—, comunicarse con ellos. Deteneos, caballeros, o quienquiera que seáis, y decidme en qué negocio andáis, les dijo. Ellos no entendieron nada o simularon no entenderlo y, en todo caso, pusieron cara de sorpresa por encontrarse ante una especie de catalán muy ebrio. Sonrieron y nos dijeron, en su idioma, que estaban comentando el buen tiempo que hacía en la ciudad y que les dejáramos en paz. Rainer siempre creyó que yo no sabía inglés, pues se había quedado con la idea de que no lo había aprendido en la escuela, pero ignoraba que, estando él en Nueva York, me había dedicado a aprenderlo. Por eso se llevó una sorpresa cuando fui yo el que le tendió una trampa —en mi caso muy modesta— y le pedí que me dijera qué nos habían comentado los caballeros de al lado y él se divirtió diciéndome que conversaban sobre las relaciones entre sumisión y dominación. Estallé en una gran carcajada, un punto agresiva. Hablan, le dije, del buen tiempo que hace hoy y piden que les dejemos en paz. Se lo comuniqué a Rainer en un inglés nada perfecto, pero muy digno y suficiente, lo que tuvo que sorprenderle y quizás le hizo comprender de golpe que no sólo me manejaba bien con aquel idioma, sino que muy probablemente yo había leído en la versión original sus «cinco novelas breves» americanas y había captado en ellas sus múltiples defectos y también los aciertos, y sobre todo había captado lo mucho que le habían beneficiado mis envíos de frases procedentes del archivo, así como las colaboraciones de alguien que podía llamarse Dorothy, o de otra forma; alguien que, en cualquier caso, también había tenido que colaborar allí, en especial en la tarea teórica, en el traslado de una especie de método intertextual a las novelas; aquel método que yo transmitía algo más que crípticamente en mis correos, pero que siempre eran consignas que llegaban a su destino.

En los minutos que siguieron, Rainer se concentró en consumir alcohol con alucinante disciplina mientras yo me dedicaba a decirle que lo pensara bien y viera que era una idea sensata que yo escribiera desde una mañana naciente el relato de aquellos tres «días históricos». Después de todo, seguí diciéndole, sería un homenaje al punto de vista habitual de sus narradores y de paso podría crearle al lector la sensación de que yo narraba desde lo alto de algún lugar muy distante, rindiendo honores a esa tendencia a la lejanía etérea hacia la que algunos escritores siempre querían ascender y para la que en el fondo escribían.

—¿Lejanía etérea? —preguntó, y noté que no me seguía.

Exacto, dije, y le hablé de la sensación de sentirse distanciado de muchos sucesos del pasado y vagabundeando en la mejor compañía, es decir, vagando junto a una nublada caravana familiar, junto a las sombras de todos aquellos seres que, en los últimos meses, esfumándose de los modos más diversos, habían desaparecido de mi vida para viajar a otros ámbitos, donde se habían ido convirtiendo, a mi vista y fuera de ella, en borrosas y danzantes figuras del infinito.

30

De pronto, le vi como un niño que estuviera jugando al escondite y no supiera qué temía o deseaba más, si permanecer escondido o ser descubierto. Lo vi muy claro cuando me preguntó con mala cara la hora, mirándome como jamás antes lo había hecho, era pura cólera la que se asomaba a su rostro. Y si alguien hubiera fotografiado su expresión en aquel momento y después la hubiera propagado por las redes sociales, sin duda la popularidad de Rainer se habría multiplicado por mil y habría superado con creces a aquella famosa imagen de Salinger, vivamente enfurecido al ser descubierto a la salida de un supermercado.

Iba a preguntarle por qué me miraba de aquel modo más propio de un ambiente de Halloween que de la chispeante atmósfera de un jardín del centro de Barcelona cuando, con la clásica expresión fanática del que cree que le va la vida en ello, comenzó a mover la cabeza en un sentido y otro para decirme que no.

¿Que no qué? Que no, seguía indicándome, pero sin explicarse. Su molesta actitud propició la aparición del «espíritu de la escalera» que tantos años había estado contenido dentro de mí y comencé a decirle que si algo muy especialmente no le podía perdonar era que, a pesar de haber él ofrecido a sus detractores una defensa de la decisiva presencia de la intertextualidad en su obra, en el fondo no creyera en lo que hacía, no creyera en aquella especie de *arte de las citas* que era el núcleo central de su propuesta literaria y a la vez lo que había configurado el sello inconfundible de su obra.

Eres muy europeo, sí, pero además muy vanidoso, dijo.

Daba igual lo que pensara de mí, le dije, pues yo creía mucho en ese *arte de las citas* y precisamente por esto me molestaba descubrir en él una actitud tan lamentable de descreimiento. Y también quería reprocharle, le dije, que no se hubiera tomado la molestia de enterarse de que le debía a mi archivo la marca de estilo —el tan celebrado *The Bros Touch*— que tenían sus cinco novelas americanas.

Al fin y al cabo, dije, se le reconocía a él por su *arte de las citas*, por su forma de manejar el material intertextual, es decir, por aquel «suplemento oculto» que contenían sus novelas, y también por su pericia innegable —aquí sonreí— al insertar ese material ajeno en lo que narraba. Y nunca debía olvidar, añadí, que aun siendo el mérito suyo, yo había colaborado en la «sutil defensa de la memoria de la historia de la literatura» que tanto habían elogiado algunos.

Fue un momento confuso, si no difícil, pero, como era consciente de que no tenía nada que perder y puesto que estaba claro que «la financiación de Van Gogh» ya no iba a continuar, fui aún más lejos y, sin atreverme a mirarle a los ojos y temiendo lo peor, le dije que había llegado la hora de que reconociera que era yo, en definitiva, la esencia, el alma de toda su obra.

Lo repetí, con los ojos igual de bajos, pero lo repetí por si no había quedado claro: yo era la esencia de todo lo que él escribía y encarnaba el espíritu mismo de su obra.

Cerré los ojos como si estuviera en la cabina de Amarante y fuera a caer la tormenta más fuerte de mi vida. Pensé que iba a insultarme atronadoramente o que iba a destapar las esenciales colaboraciones de Dorothy, o de quien, aparte de mí, le había echado de verdad una mano en todas las novelas.

Pero, en lugar de esto, se limitó a rebatir, con calma aunque de un modo un tanto atropellado, lo que le había dicho. No podía existir, vino a decirme, una esencia de su narrativa, del mismo modo que en realidad tampoco existía una esencia de la literatura, pues precisamente la esencia de cualquier texto consistía en escapar a toda determinación esencial, a toda afirmación que lo estabilizara o realizara.

No lo dijo así, porque no sabía hablar de esa forma, pero quiso decir algo así, estoy seguro.

Luego, cayó en un breve y tremendo silencio.

—Y, por otra parte, mi obra me la suda —dijo.

Y se le escapó la risa, probablemente de tanta felicidad por haber dicho algo que para él posiblemente había sido muy liberador. Qué fácil era, pensé, enviar al quinto infierno la obra y qué tranquilo debía de quedarse uno actuando de aquella forma. Bastaba mirarle a Rainer para comprobarlo: era como si se hubiera quitado un gran fardo de encima. Ante una felicidad como aquélla, acabé actuando como seguramente lo habría hecho alguien como..., pues como yo mismo, porque sólo podía ser yo quien se comportara de aquella forma y le cambiara el tema de golpe hablándole nada menos que de sus mocasines blancos, aquellos zapatos que me recordaban a la forma de unas nubes que había visto un día antes en el encapotado cielo de Cadaqués.

Preferí hablarle de sus zapatos a seguir inmerso en el «espíritu de la escalera», en la venganza por tantos años terribles. Y elegir ese camino fue uno de los grandes aciertos de mi vida. Jamás había visto una alegría tan repentina y descomunal como la que emergió en la cara de Rainer, aunque esto no evitó que su rostro siguiera apagándose, difuminándose; hubo un momento en que habría jurado que él estaba en directo desapareciendo *allí mismo*, en directo, delante de mí: recordaba a aquellos aristócratas de un salón de París a los que Proust decía haber visto *envejecer allí mismo*, en directo.

Estaba feliz en su bar limpio y bien iluminado, en aquel jardín del Alma, en aquel confuso ambiente barcelonés con banderas de todos los colores y gritos. Así creí percibirlo por momentos. Muy feliz a causa, sobre todo, de la posibilidad que se había abierto ante él de poder contarme que aquellos mocasines blancos eran precisamente los del doctor No en *Agente 007 contra el Dr. No*, los mismos que había llevado en la vida real Joseph Wiseman, el actor que había interpretado al doctor No. Habían sido comprados en la Red por alguien de la mismísima Organización secreta Pynchon, comprados a Prendas de Mitos, una agencia californiana. Y eran los mismos mocasines que aparecían, dijo, en una de las páginas de la parte central de *Inherent Vice*, aunque lamentaba no llevar en el bolsillo aquella página, pero estaba seguro de que yo le creería...

Observé que, aun cuando podía ser una impresión muy subjetiva, había, en efecto, algo muy extraño en Rainer, algo muy raro que había ya captado hacía rato y que parecía de golpe confirmarse: al tiempo que la perdía su rostro, perdía fuerza también su voz: rostro y voz parecían llevar el mismo paso a la hora de desaparecer.

—¿Así que te gustan los mocasines del doctor No? —preguntó.

Repetí exactamente lo que me había preguntado, pero desposeyéndolo de los signos de interrogación, como si le estuviera robando a él mismo una cita para poder llevarla a mi archivo. Y sentí que la frase había pasado a ser mía, como si acabase yo de inventarla, y también como si, a partir de entonces, pudiera ya ser siempre posible convertir sus frases en permeables para mi escritura, o volverme del todo permeable de antemano a las suyas.

Aún hoy, en la media luz de esta mañana que

nace, oigo las risas del pasado, y con ellas me llegan palabras que creía ya olvidadas y que regresan para recordarme el monólogo final de Rainer en el Alma. Todas esas frases que parecían querer rendir honores al flujo del lenguaje de sus maestros y que descubrí que estaban muchas veces a miles de millas de distancia de esos genios, pero que en cualquier caso sintetizaban a la perfección su estilo literario y no hacían más que poner en evidencia los defectos (y alguna virtud) de ese estilo: cambios constantes de perspectivas, de tonos y modulaciones que se entretejían con una multiplicidad de ritmos, de intensidades y timbres diversos, aunque todo llegaba hasta mí horriblemente mecido por su incapacidad natural, de siempre, para comunicarse con las palabras.

Con todo, en el caótico monólogo no faltaron momentos de lucidez, como cuando dijo que prefería no pensar que al hablar tenía en la cabeza algún objetivo en concreto, ya que sabía que, de darse ese caso, se vería obligado a programarse a sí mismo. O como cuando dijo que había llegado a la conclusión de que cuanto los seres dominantes hacían con los sumisos era terrible, pero también lo era lo que los sumisos eran capaces de hacer con los seres dominantes, y es que en realidad todo era terrible.

O como cuando dijo, o más bien se preguntó, si

en el futuro, cuando alguien se cambiara el ADN, estaría debilitando su identidad. En este punto me dejó pensativo, puro Molloy perdido. O como cuando vino a decir —si no entendí mal, por supuesto— que escribir era hasta cierto punto justificarse sin que nadie te lo pidiera y que en el fondo una justificación de ese tipo era siempre algo de lo más cómico. O como cuando vino a decir que amaba la literatura, los libros, los autores, y que ése era su mundo, pero que tenía que proclamar, profundizando en la cuestión, que de todos esos autores, tanto de los que le gustaban como de los que apreciaba, tanto de los que idolatraba como de los que no le gustaban nada, tanto de los que se creían muy listos como de los que iban de tartufos, tanto de los avispados como de los crédulos, tanto de los chantajistas como de los mendigos, profundizando en la cuestión tenía que decir que de todos se reía.

Porque había en todo lector, añadió Rainer, una vocecita que por lo bajo le decía acerca de todo lo que leía, por extraordinario que fuera: ¡anda ya!

O como cuando dijo que se había ya cansado de vivir enfrentado a la impostura de escribir, porque era sin duda una completa impostura la escritura, ya que el arte no era nada, aunque había que reconocer que sólo teníamos el arte. O como cuando dijo que odiaba ya para siempre ese embuste de como mínimo cien páginas que agradaba tanto al mercado y que llevaba el nombre de *novela* y que siempre era algo artificial, planeado e inevitablemente trucado que exigía acontecimientos, acción al menos de vez en cuando, hechos generalmente arbitrarios, todo tipo de señoras saliendo de casa con banderas españolas a las doce de la mañana y mil obstáculos más que hacían que la novela tuviera que saltarse muchos momentos de reflexión y fuera perdiendo, por el camino, el potencial de la prosa sin aditivos.

O como cuando dijo que tuviera yo por seguro que no escribiría nunca otro libro. O como cuando dijo —y yo quería que me tragara la tierra, porque en ese momento, un poco tarde, comprendí por fin que había estado burlándose de mí a fondo— que parecía mentira que no me hubiera dado cuenta de que simplemente había ironizado al proponerme una novela de «no ficción» sobre mi vida de los tres últimos días. Parecía mentira, dijo, que no hubiera visto que no escribiría una novela sobre mí ni loco, por mucho que escribirla habría sido toda una tentación para él porque se habría aproximado al tipo de relato que, dentro de todo lo que había leído en su vida, más le había gustado componer siempre: un relato sobre un alma cándida, un relato como «Un corazón sencillo» («*Un cœur simple*»), de Flaubert: la historia de Félicité, una modesta sirviente normanda que, gracias a sus ideas muy simples sobre el mundo, vivía feliz y satisfecha, y eso a pesar de que todo en su vida, especialmente en el apartado amoroso, eran monumentales desgracias.

O como cuando dijo que no escribir más iba a significar que al final no escribiría la historia de su duda permanente entre el desprecio y la consiguiente renuncia a la escritura, o la fe injustificada en ella y la consiguiente alegría; la alegría, en definitiva, por poder seguir y así acabar entregándose, aunque fuera de un modo suicida o desesperado, a su pasión por ascender a una idea de infinito y escribir desde ella.

La estructura de nubes de esa idea de infinito, pensé, la estructura de lo que yo llamaba lejanía etérea, me recordaba a mi afán por escribir desde el espacio inacabable de la media luz de una mañana. Claro que lo que desde tan etéreo lugar había pensado yo en escribir, seguí pensando, era lo que Rainer había imaginado narrar sólo para poder burlarse de mí y de mi historia: la de los tres vulgares y aburridos días de octubre de un pobre *hokusai*, de todo un «corazón simple», de un simple ayudante o *der Gehülfe* infeliz, de un asesor más insípido que el más soso de los tés chinos, de un chupatintas llamado Simon Schneider, un abstemio en un bar bien iluminado.

31

Incapaz de interrumpirlo —creo que muerto de vergüenza por haberme tomado en serio la «no ficción»
que él quería escribir sobre mí—, seguí escuchándole durante un rato, y la verdad es que mientras habló
jamás faltaron momentos de lucidez, repentinas
huidas espectaculares hacia las figuras más familiares de su particular infinito, como cuando dijo que
todos llevamos el acusador dentro, pegado al acusa-
do, y que se sentía culpable por no haber tomado el
buen camino, aunque ya sabía, dijo, que no había
buen camino. O como cuando afirmó que estaba seguro de haberse extraviado en los últimos veinte
años en el pozo infecto de la literatura contemporá-

nea, pues hablar del mundo de forma representativa tenía que ver con el texto periodístico o sociológico y ésa era la gran debilidad de toda la literatura que se hacía en los últimos tiempos. O como cuando dijo que, en contra de lo que pudiera parecer, no había viajado a Barcelona sólo para controlar la parte de herencia que pensaba que le había dejado Padre, sino también para encontrarse con el interlocutor más fraternal que podía tener en la tierra y poder comunicarle que finalmente, en conversación con él, había resuelto decantarse por el desprecio y la renuncia, sepultando así cualquier atisbo de fe y alegría, ya que estaba tan cansado que a todo lo que veía o leía le acababa añadiendo un sonoro e inevitable: ¡anda ya!

No le deslumbraba ya ni siquiera la luz de una mínima convicción.

—Desprecio y renuncia —repitió, esta vez en voz muy alta, contundente, para que no pudiera decirse que el jardín del hotel no había sido testigo de aquella deserción.

Si decidía seguir escribiendo, dijo, ya sabía el horror que le esperaba: tendría que seguir intrigando en Nueva York confundiéndose con el grueso de tantos escritores necios, y lo cierto era que ya no tenía ganas de dedicarse a aquello y tener que ir de un hijo de puta a otro, no tenía ya ganas de seguir profundizando en aquel lodazal.

Desprecio y renuncia, ésa era su decisión. Dejar atrás la maldita impostura de escribir. Porque en la escritura de cualquier autor, sin excepción, había impostura e incapacidad, ya que, tarde o temprano, los más lúcidos acababan preguntándose por qué iba a ser uno mismo precisamente, de entre tantos genios imperfectos, el que mejor describiera el misterio del universo.

Una vez le habían preguntado cuáles eran sus escritores muertos preferidos y él había dicho, muy educadamente, que todos los de la biblioteca universal, pero luego cuando volvió a su casa y se quedó a solas pensó que admiraba a todos cuantos habían cedido al vértigo de construir la gran casa (para siempre) de la ficción, lo que Michon llamaba «el monstruoso edificio de la letra», pero en realidad a quienes de verdad admiraba, dijo, era a los que en esa casa habían colocado su ladrillo como si fuera dinamita, diciéndose: esta vez el querido edificio va a saltar por fin por los aires. En definitiva, a quienes de verdad él admiraba eran aquellos escritores que sentían tal amor por la biblioteca universal que su obra tenía la desorbitada pretensión de perfumarlo todo con explosivos.

No había tenido la suerte de estar a la altura de éstos. Para escribir había necesitado de la colaboración de un alma bondadosa como la mía, y con eso estaba dicho todo. De modo que adiós. Me dio un beso en la frente. Y comprendí que se despedía de la literatura, a menos que estuviera ante otra broma de las suyas, o anduviera demasiado revolucionado por los excesivos vodkas y whiskies. Vi que se despedía, pero lo que no me esperaba, aunque era una posibilidad que estaba allí, era que se encontrara a un paso de borrarse físicamente. Sólo lo intuí, sólo empecé a ver esa posibilidad de que desapareciera cuando me agradeció de repente que le hubiera facilitado, a lo largo de veinte años, tantas frases y pensamientos que en realidad no eran suyos y que, por tanto, era incapaz de poner en palabras. Entonces empecé a sospechar que algo preparaba. Pero nunca imaginé que se disponía a irse tan lejos y, además, para siempre. Por eso no presté demasiada atención a ese nuevo movimiento suyo, que consistió en decir que volvía a subir a su cuarto. Le pregunté si es que iba de nuevo a refrescarse, y lo pregunté como si yo fuera realmente la sirvienta Félicité. No, dijo, con tu permiso voy a quitarme los mocasines de Pynchon y a buscar una gragea.

No estaba yo seguro de haber oído nunca esa palabra: *gragea*.

Fue una palabra que quedó suspendida en el aire del jardín, solitaria, única; yo no podía decir que no la veía, y menos aún decir que no la estaba oyendo resonar en las paredes que delimitaban el jardín del Alma.

Le faltaba una gragea, sí. Esa palabra, *gragea*, fue lo último que oí de él en mi vida, porque ya no volvería a verle más, y las posibilidades de que vaya a dejarse ver algún día en público son escasas.

Desde entonces no he tenido ningún tipo de noticia sobre él, tampoco sus lectores, algunos de los cuales aún hoy esperan a que se dé el milagro de que reaparezca.

De la obra de Gran Bros podría decirse, salvando todas las insalvables distancias, lo que dijo Verlaine sobre la renuncia de Rimbaud:

«Cuan inmensa era la obra, así de altanero pasó el hombre, tan altanero que nunca más se ha sabido de él».

No hay un excesivo misterio en cuanto a su paradero actual, porque se sabe que a la mañana siguiente de encontrarse conmigo voló a Nueva York. Pero es un hecho que ha perfeccionado hasta el delirio el servicio de seguridad de su escondite, como lo es también que ya nunca más volvió a escribirme, ni a hablarme utilizando algún tipo de contacto. Su móvil no se ha movido desde entonces de Nueva York, de modo que cabe pensar que sigue con vida, quizás alcoholizándose sin tregua, o tal vez sosegado desde que no ha de enfrentarse a la escritura, pero en cualquier caso él está vivo y es posible que sintiéndose más libre, sin ese impulso tiránico que entiendo que notaba detrás de la supuesta necesidad de escribir.

No regresó aquel día Rainer del cuarto, porque simplemente no estaba hospedado en el Alma. Cuando simuló que salía del jardín para subir a su supuesta habitación, iba flanqueado por los dos caballeros norteamericanos, aunque no podría asegurar que fueran sus guardaespaldas, o simplemente dos amigos, o dos editores, o personas completamente ajenas a él. Cuando, tras esperarle una larga media hora, pedí en recepción que le llamaran a su habitación para que hiciera el favor de regresar al jardín, me dijeron que no había ningún cliente registrado con aquel nombre, no había ningún Bros, ningún Schneider, ningún Pynchon.

Pagué y salí. O, mejor dicho, salí sin pagar, a paso ligero. Temiendo siempre que alguien me hubiera seguido, me uní, nada más pisar la calle Mallorca, a un grupo de portadores de banderas que caminaban casi en formación, cerrando filas, lo que me permitió camuflarme bastante bien entre ellos. Sólo cuando, cinco minutos después, en Rambla de Cataluña con Provenza, me aparté del grupo, vi que había otra persona que no pertenecía tampoco a la formación de manifestantes y que también acababa de apartarse de la misma. Era una mujer alta y delgada, elegante y atractiva, de mediana edad, de pelo negro corto, pómulos muy anchos, casi como una china, y los ojos grandes y oscuros. Vestía un traje de chaqueta gris perfecto y me dirigió una sonrisa cómplice. Y como fuera que quedé paralizado, sin saber qué hacer con su risa tan agradable, ella volvió a tomar la iniciativa y me preguntó, con dificultad en la pronunciación —era sin duda norteamericana—, si necesitaba algo. No era pelirroja, pero la posibilidad de que pudiera ser Dorothy me pareció grande. Me la imaginé preguntándome si no creía que era imposible ser una buena artista y, a la vez, ser capaz de explicar de manera inteligente tu trabajo. Pero no fue esto, ni nada por el estilo, lo que dijo. Estaba tan convencido de que me citaría a Eliot o a Pynchon que cuando me sonrió y, a una distancia de tres metros, comentó que aquella hora del día era la que más le gustaba, quedé sorprendido. Vi que volvía a sonreírme y que parecía hacerle gracia mi expresión de estupor. Y me acordé, aunque no con toda precisión, de lo que había dicho Rainer de ella: era intrigante, simpática, encantadora, quizás algo taimada. Como todo lo que se me ocurría contestarle me parecía un tópico y una idiotez, no dije nada de si me gustaba o no aquella hora del día. De hecho, seguí paralizado, porque no podía dejar de sospechar que me hallaba en los momentos más estelares de mi vida. Y ella entonces, dibujando con sus grandes ojos una señal de desconcierto, dijo con una renovada sonrisa y una gracia inolvidable:

—Tampoco es tan importante que usted sea japonés, o de donde sea.

Tenía un exquisito sentido del humor, me pareció. Y el día era perfecto. Octubre siempre fue mi mes preferido en Barcelona. Días claros y luz algo irreal, como si uno estuviera en el paraíso. El clima es templado, y se tiene a menudo la impresión de que allí es demasiado bello todo.

Cuando me decidí a intentar decirle algo, vi que ya no estaba allí, que justo en aquel momento acababa de doblar la esquina. Decidí seguirla, pero no la perseguí tan rápido como habría tenido que hacerlo. Poco después, confirmaba que en medio de aquel día tan despejado de Barcelona se podía ver muy lejos. Pero ni mucho menos, en ningún caso, tan lejos como se había ido Dorothy.

Y si algo aún me llama la atención en todo lo ocurrido en aquellos días de octubre es que para narrar mi encuentro con el hombre que pudo ser Pynchon y transcribir sus implacables últimas palabras y así hallarle un sustituto a la financiación de Van Gogh, haya tenido que poner en pie toda una época ya concluida; una época acabada, consumada, más gastada que la tendencia a ocultarse de Gran Bros. A veces, cuando veo que he tenido que escribir sobre un tiempo ya tan caducado, me pregunto si no será que a lo mejor, como dicen algunos, a la ficción le gusta el pasado y por eso tiende a correr el riesgo de no ser ya sino *cosa del pasado*, que es lo que solían decir los hegelianos hablando del arte en general y Borges hablando de la lluvia.